U0164652

人語響，文字留痕

人語響，文字留痕

當代語言學大師的側影

張洪年 著

香港中文大學出版社

《人語響，文字留痕：當代語言學大師的側影》
張洪年　著

國際統一書號（ISBN）：978-988-237-297-9

出版：香港中文大學出版社
香港　新界　沙田・香港中文大學
傳真：+852 2603 7355
電郵：cup@cuhk.edu.hk
網址：cup.cuhk.edu.hk

Voices Echoed, Words Reimagined:
Grand Masters of Language and Their Telling Stories (in Chinese)
By Samuel Hung-nin Cheung

ISBN: 978-988-237-297-9

Published by The Chinese University of Hong Kong Press
The Chinese University of Hong Kong
Sha Tin, N.T., Hong Kong
Fax: +852 2603 7355
Email: cup@cuhk.edu.hk
Website: cup.cuhk.edu.hk

Printed in Hong Kong

目錄

緣起

大概是七十年代吧，在加州三藩市這裡開了一個盛大的語言學會年會，參加者眾多，好些是來自世界各地的大學者，濟濟一堂，開壇講學。我們這些身居灣區的年輕人，當然都得負責招待一些外來的學者。大會最後一天，我要開車送四位先生從三藩市回柏克萊。我還記得，那天傍晚時分，大雨滂沱，開車過灣區大橋的時候，交通堵塞，我雙手發抖，心裡有說不出的緊張。為什麼？灣區大橋是當年過海的必經途徑，晴天雨天，我經常開車來往，本來不是什麼大不了的事，但是那天晚上，非比尋常。我車上坐著的四位先生可是當今中國語言學界的四位大師，泰山北斗，帷幄運籌，統領整個二十世紀中國語言學的發展。但是這一天，四位大師的性命安全，語言學今後的發展，就得看我是否能安全地把諸位先生送回到對海那邊的柏克萊。

這四位大師是趙元任先生、李方桂先生、周法高先生、張琨先生。周先生和張先生是我的老師，趙先生和李先生兩位是中國現代語言學的祖師爺。李先生是張先生的老師，換句話說，他是我的太老師，也就是我的師公。我後生小子，頂多只能叨陪末座，但這時卻是我在把著輪盤，帶領四位先生過海，過了一城又一城。

我開的是一輛雪佛蘭的Nova房車，我身旁坐著的是身材高大的周先生，趙、李、張三位先生一併排在後座。我一邊開車，一邊得跟四位先生閒聊，有一句沒一句地談論開會情形。其實，我這時刻硬撐著眼睛，緊盯著前面的車，心一直在抽搐，也一直在禱告：千萬不能出意外。我的車開在大橋的下層，大雨一陣一陣地從上層的空隙傾盆倒下，擋風玻璃上的雨刷都撥動不過來；而且車廂裡人多，前後窗戶都是白茫茫的霧氣。向前看的視線不清楚，兩側的車更是貼得很近；我雙手緊握著輪盤不放，右腳準備隨時剎車。過橋的這一車程才十幾分鐘，我感覺是生死關頭走一遭，最後總算是有驚無險，安全地把四位先生送回柏克萊。等我回到家裡，手心還在冒汗，雙腿酸疼。今天回想起來，雖然事隔四五十年，餘悸猶在。不過，我這一輩子最光榮的一刻，也就在這一趟車程之中。我這無名小子能和這四位大師濟濟同車，在一個小空間中，和大師並坐談天，這是何等的幸事，畢生難忘。

我從小就是一個傻小子，腦袋生得忒大，看似聰明，但是資質有限。母親說過，念書雖然用功，但恐怕難成大器。可是傻人就有傻福，無災無難地把小學中學大學都念了，最後還漂洋過海來到美國留學。上海人有一句俗話說：這個人額骨頭高，也就是說這個人運氣好。我確實是拜運氣所賜，從讀書到工作這許多年間，我跟隨許多好老師學習，也認識了學術界許多位前輩先生。他們的學問，我能學到多少，恨鐵不成鋼，我很慚愧。但是這許多先生的言行風範，對我終身影響很大。

我在美國的大學教書，也曾經在香港工作過幾年。在學堂裡、在會議廳上，有緣結識許多同行的學者，年紀也許有別，但是興趣相近，也就無所不談，結為老友。年輕的同學，更是讓我接觸到新一代的知識分子，讓我知道他們對學術的關心所在。我有時候會寫下一些札記，把見到的、聽到的，點點滴滴記下。年老以後，翻閱這些札記，溫故而更憶故。尤其是長一輩的先生們，更教人思念。這兩三年，瘟疫作孽，滯留蝸居，百無聊賴之際，突然想到：為什麼不把這些點點滴滴的小故事，寫成短文，作為紀念？

我曾經在不同的場合做過一些簡短的報告，也在不同的刊物裡寫過一些文章，介紹我認識的語言學家。這些語言學家的學術成就，著作等身，有目共睹，何需我又嘮叨重敘一番？但是我們一般知道的就是這些先生在學術界的成就，但是當他們走下講壇、卸下學術袍子，他們到底會是怎麼樣的一個人？除了書卷以外，他們還鍾情什麼？除了討論語言以外，他們還關心什麼？我想，要是我能寫一些札記，敘述他們在象牙塔以外的生活和情趣，一言半語，或許就是片羽吉光，可以讓我們看到學者身份以外的側影，略略體會到他們的個人情懷。

我這本小書只寫六位先生。除了上述的趙、李、周、張四位先生以外，還寫了王士元先生和丁邦新先生。無獨有偶，這六位先生都是中央研究院的院士，是中國語言學界穩執牛耳的大師。周先生是我在香港中文大學念碩士時的老師，張先生是我上柏克萊加州大學的老師，我有幸親炙兩位老師教導，提攜之恩不敢稍忘。趙先生和李先生是我來美國以後，才正式有緣拜見。趙先生是我們柏克萊東方語文學系的榮休教授；李先生是張先生的老師，也就是我的太老師。二位先生前後都家住美國，所以也常常見面；飯聚之餘，也會就興趣所及，無所不聊。王先生是我在柏克萊上學的老師，課前課後，不時指點，受益良多。丁先生是我在柏克萊和香港教學時的老朋友。八十年代，加州大學禮聘丁先生來東語系，自此之後我們一起共事相處二三十年，亦師亦友，我一直視他為老大哥。我和諸位先生相識總有好幾十年，我們雖然不是朝夕相處，而且常各在天涯另一方，但是我們總保持一定的來往；而且各位師母待我如同子侄，丁公一家更像似至親。所以人前人後，我從旁觀察這六位大師的機會很多。認識越久，我越發感覺到這些大師私底下就像你我一樣，有喜有怒：有傷心的一刻，悲天憫人，但也有高興的一刻，歡笑起來，憨憨恍如稚童。他們的言行，固然可以是我們的楷模，但是他們在生命中的經歷，歷歷道來，也可以讓我們知道人生路途並不是一片坦途，艱險奮進，更值得我們向他們致敬。

語言學從二十世紀開始，是開墾的年代，趙李二位先生帶領，困乏多情。二十世紀中期而後，人才輩出，各領風騷。古人說：「空山不見人，但聞人語響」；我總覺得，我既然見到諸位先生，也聽到諸位先生在不同場合說話的聲音，那我就應該把一些印象深刻的故事記下，逸聞趣事，文字留痕，供後來者從這些小故事中，想見其人，想像那個年代應該是多麼一個教人興奮的時代。

文章中寫下的前塵往事，是我憑記憶所及而記下。而今我年老體衰，空有大腦袋，但是腦筋已經大不如前。記憶中偶有錯漏，還請讀者有以諒我。文章中除了記載各位先生個人的言行之外，更把一些有關的家庭小故事，也筆錄在此。我和各位先生認識幾十年，尤其是和趙家、李家、張家、丁家來往的機會很多。串門子、吃館子等等是經常的事；而且當時我們年紀較輕，行動較快，許多時候，開車的事都讓我一手包辦。在車上、在飯桌上、燈前酒後，我們無所不談。所以我想藉此機會，也就大筆描繪趙師母、李師母、張師母、丁太太的一些生活細事。大家都說，一個成功的男人背後總有一個能幹的太太。但是我們對這些太太們到底知道多少？這一半只是那一半的一個影子嗎？她們的故事，請聽我細說，也是一樣的精彩。

《人語響，文字留痕》得香港中文大學出版社大力支持，慨然答應出版。書中六篇文字，第一篇寫趙先生，2022年文章初成，呈社長甘琦先生指正；蒙甘先生青睞轉發北京《財新週刊》，承編輯徐曉先生不棄，分兩期在週刊發表。周先生的文章，當年初稿曾在香港中文大學出版的《與中大一同成長》(2000)發表；寫張先生的文章，初稿是悼念老師的回憶，曾在台灣《傳記文學》(2018)發表；寫丁先生的文章初稿，曾在為慶賀丁先生八秩壽誕的文集《漢語與漢藏語前沿研究》(2018)發表。三篇文章今改動甚多，加增細節，字數倍增，聊供讀者一讀。寫李方桂先生的文章，是為了慶祝李先生一百二十歲冥誕，將在《中國語言學集刊》(第15卷)發表。寫王先生的文章，則是特別為《人語響，文字留痕》撰寫。書中圖片承蒙李林德、李培德、榮鴻曾、石鋒、丁佐立諸位先生提供，特此一併多謝。全書出版事宜得到編輯葉敏磊、余敏聰二位先生全力統籌處理，黃俊欣小姐設計及排版，我謹致以衷心的感謝。

張洪年

2022年10月序於加州小山城觀海居

後記：丁邦新先生2023年1月間遽然離世，學界頓失良師，大家都感到無名的愕然、失望和慟惜。我把他在人生旅途中走過的這最後的一程，略略追記在〈不信人間八秩老　綢繆五十筆生輝〉一文中，借用萬字的賀壽和追思，表示我們對一代大師的敬仰和懷念。

2023年2月22日

張琨先生夫婦(前左一、二)、丁邦新先生夫婦(後右一、前右一)、
李方桂先生長女李林德(後右二)與作者夫婦合影

左起：董同龢、李方桂、張琨、趙元任、周法高幾位先生，攝於西雅圖

（丁邦新提供）

教我如何不想他

記趙元任先生(1892–1982)

1968年，我正在上研究院，每天都在辦公室裡埋頭工作。有一個早上，屋子裡還開著空調，但窗外已經是涼風有信，秋意漸濃。工作人員突然傳來消息，說下午有學者來訪，是趙元任先生夫婦路過香港，專程來研究中心和周法高老師見面。我們這些後生小子，都在上語言學的課，天天在啃趙先生的文章。想不到會有這樣的機會，能一睹大師風采，尤其是我當時正在參與翻譯趙先生《中國話的文法》的計劃，有緣拜見，心底裡更有說不出的興奮。到了下午，我們都戰戰兢兢地坐在辦公室等待，周先生也顯得有點緊張。辦公室離電梯門口有一段小走道，沒多久，就聽見門房說：「客人到了到了。」周先生趕緊上前迎接，我們也擠在門口。電梯門一開，先傳來一陣洪亮的說話聲音，接著就看見趙先生伉儷二人走將出來。趙夫人在前，趙先生隨後，寬袍大衣，緩步經過走道，進到周先生的辦公室。驚鴻一瞥，雖然只是片刻的影像，但至今還很清楚記得。趙先生離去的時候，又經過我們的辦公室，周先生引見我們幾個學生。趙先生停下步來，帶著微笑和我們逐一握手。古人說如沐春風，這一剎那的感覺確實如此。

1969年，我有幸來到柏克萊加州大學上學。開學前幾天，我先到校園拜見趙先生。趙先生辦公室在校園當中的大樓Dwinelle Hall，樓前是古木參大，九月時分，秋葉漸落。辦公室在最低一層，迂迴長廊，一溜都是棕色大門、玻璃小窗戶的辦公室，門上都是寫著教授的名字。我按著號碼一直找過來，終於看到趙先生的房間。隔著玻璃，屋裡燈亮著。我輕輕敲門，心底突然一陣忐忑，我這貿貿然來拜見是否妥當？就這麼一琢磨，眼前一亮，趙先生已經站在門前。銀絲眼鏡，灰白的頭髮，一臉溫藹的笑容。他親切地握著我的手說：「張洪年，你來了！」他帶我進入屋子裡，讓我坐下。問了一些起居的安排，接著他就給趙師母打電話，說：「張洪年來了，我中午帶他回來吃中飯。」他掛上電話，就讓我翻看他書架上的藏書和文章。他說：「文章許多是抽印本，只要不是最後一份，你都可以取去。」寶山取經，迄今我架上還有一些文章，就是當年的餽贈。有時翻來一看，想起的卻是當年辦公室的情景——一眨眼，已經是半個多世紀以前的事。

其實，在這之前，我和趙先生只見過一面。不過，我在中大上研究院的時候，周先生曾經把我的碩士論文寄給趙先生。不多久，趙先生寄來評語，大紙小字批了七大頁，指出許多論述疏漏不足之處。我只是一個初出茅廬的研究生，有多少能耐？趙先生卻一板一眼地點評，還提出他自己的一些看法。後來修改論文出版，就往往隨著趙先生提出的問題，一板一眼地修改訂正。我申請柏克萊上學，當時還請了趙先生寫推薦信。趙先生對一個初出道的年輕人，一面之緣，竟如此提攜，終身難忘。

那天中午，我就隨趙先生上他家吃中飯。趙先生住在柏克萊半山，樓高三層，大門進去，經過客廳、飯廳，就是廚房。廚房裡擱著桌子，整整齊齊擺著三份碗碟筷子。

趙師母端出熱騰騰的小菜，讓我坐下。年輕人，也不懂客氣，趙師母說「吃吧」，我就乖乖地伸出筷子往菜裡夾，往嘴裡送。一頓飯下來，就像回到自己家裡，吃到母親烹調的江南菜式，十分愜意。但是沒想到的是這一頓中飯，就成了我往後十多年趙家座上常客的開始。

趙先生是語言學界的開山祖師爺，論輩分，我們怎敢以「師母」稱呼他的夫人？不過，趙師母十分隨和，一點也不見怪。她看見我隻身在外求學工作，有一頓沒一頓，瘦削的身子，半飢不飽，所以常常讓我上來吃飯。中飯剛吃完，趙師母就說：「張洪年，你晚上再來。」趙師母燉的雞湯，兩隻肥雞、幾棵大白菜，燉上三四個小時，奶白色的湯，肥嫩的雞肉，入口即化的菜葉子，我可以一口氣喝上兩大碗湯。趙師母看得高興，接著說：「別忘了，明天晚上再來！」放下筷子，我總想自告奮勇，搶著洗鍋刷碗。趙師母指著廚房牆上貼著的招子，上頭寫著：別人不許幫忙。然後，趙師母一邊洗碗，一邊閒聊，一會碗碟都清洗乾淨，一摞摞的疊在碗盆裡，乾淨利落。

我畢業以後不多久，就回校任教，上趙家的時候更多，常常和別的小朋友開車，帶趙先生倆上三藩市中國城買菜。那兒新開了一家上海南貨鋪子，趙師母常來買金華火腿，還有山東對蝦。這來回一趟，接著就是一頓豐盛的晚宴。有時候，我站在廚房裡，看著趙師母做菜，心裡試著記住前後步驟，不過偷師的功夫不夠；到後來，趙師母送我一本她的菜譜，才知道做菜有的時候比做學問更難。

做學問出了問題，可以再來；做飯出了問題，可不容易解決。炒菜鹽擱多了，紅燒肉太老了，飯燒焦了，都難以下咽，怎麼向客人交代？趙師母說，她做飯都是憑直覺，鹽多鹽少，火大火小，似乎都是隨意處理，並沒有一定的準則。其實，我們都知道，直覺是從經驗而來。她下廚幾十年，煎煮燉熬，已經是從心所欲，揮灑自如。她的食譜就是她的心經。

趙師母的中國食譜，四十年代出版，幾百頁大書，菜式兩百多種，在美國飲食界享勝譽。書名是 *How to Cook and Eat in Chinese*，顧名思義，也就是說要學會享用美食，就得先明白如何烹調。我們都知道越會做菜的人，越會品嘗佳餚。趙師母吃遍大江南北，美國西東，每踏進灣區一帶的飯館，認識的老闆大廚都會趕緊過來打招呼。上來的大菜小吃，趙師母一舉箸，大家都等著聽她評點。趙師母快人快語，一兩句就能道出師傅手段的高下。趙師母根據自己幾十年下廚的經驗，寫下這樣的食譜大全，開風氣之先，至今還是洛陽紙貴，網上訂購往往索價一百多美金。中國食譜全書由趙家大小姐趙如蘭翻成英文，而趙先生又在多處加腳註說明某些原委，語帶幽默，妙筆生花。例如他在「打蛋」這最基本的操作過程底下，寫下這樣的按語：

> Since, when two eggs collide, only one of them will break, it will be necessary to use a seventh egg with which to break the sixth. If, as it may very well happen, the seventh egg breaks first instead of the sixth, an expedient will be simply to use the

seventh one and put away the sixth. An alternate procedure is to delay your numbering system and define that egg as the sixth egg which breaks after the fifth.

這一段話，貿然一看，可有點摸不著頭腦。其實這正是趙先生的巧思運轉，大玩語言邏輯遊戲。從操作的過程來看，科學頭腦清醒的人應該先把雞蛋排隊待用，一二三四五六……打蛋需要按前後次序。用第二隻敲打第一隻，然後用第三隻敲打第二隻……如此類推。操作按部就班，不會出錯！其實世界上哪有按次序打蛋的說法？科學頭腦過分精明，反而會產生混亂。萬一用第七隻雞蛋敲打第八隻，一不小心，打破的是第七隻，而不是原來排序的第六隻，一子錯，敲打程序皆落索，怎麼辦？科學頭腦不笨的人，就把打破的第七隻移前一位，代替原來的第六隻。又或者更聰明的人，會把雞蛋重新排序，把打破的那隻定位是第六隻，也就是原來排在第五隻後邊的那一隻，應該輪到是它。這樣一來，問題可就完滿解決了嗎？這種推理，似是而非。在現實的世界中，哪有這樣的邏輯思維？

趙先生的案語其實是開了自己一個大玩笑，用現代的話語來說，這也算是一個冷而又冷的笑話。想深一層，趙先生的笑話，正好印證趙師母的做飯秘訣，秘訣存乎一心。油鹽多少，根本不能以「一茶匙」、「三毫米」來量度，火候大小也不能確實說是350度還是375度。這「差不多」的觀念，也許是藝術家哲學家特別享有的專利。如人飲水，冷暖自知，到底有多冷多暖，還是留給科學家去決定。

科學家一板一眼的研究，一步一步的推理，卻是趙先生自己做學問的模式。他對周遭一切的事物都感到興趣，任何一點稍有乖於常規的現象，他都會特別留神觀察，細究其所以然。一個小問題，平常人可能會掉以輕心，他卻會小題大考慮，多複雜的難題到他跟前，他會抽絲剝繭，一點一點的分析。我這裡且舉一個小例子，説明他這種實事求是的精神。有一次，我開車帶他倆上城裡購物，路上交通繁忙，找停車的地方不容易。我好不容易找到一個空位，馬上來一個平行停車，小心翼翼，車大但停車位窄，停得可不容易。我下車給二位開門，趙先生前腳下車，就彎下身來，好像在馬路邊撿拾什麼似的。趙先生該是有什麼東西掉在地上吧！我趕緊上前幫忙，還沒來得及説話，趙先生就已經挺起身來，手上拿著一張白卡片，笑瞇瞇對著我説：「沒問題，你停車停得很好。」原來，趙先生看我停車停得離馬路邊有點遠，所以下車後馬上從身上掏出一張3×5吋大小的卡片，量度我的輪胎和馬路邊之間的距離，官方規定不可以超過15吋。趙先生彎下身子，是拿卡片橫著量度我當時停車的距離，還好不到三張卡片的長度，也就是沒有超過15吋。所以，他説我停車停得及格。我當時聽到趙先生的解釋，望著趙先生，有點尷尬，臉上啼笑不得。不過就此一事，可以看到趙先生實事求是的態度，不能只憑直覺，一定有事實根據才下定論。這和做飯燒菜，用measuring cup衡量食材多寡分量，源同一理。另一方面，就這小事，也可以看到趙先生隨身都帶著這些3×5吋的小白卡片，隨時可以記下當下發生或觀察到的任何事或物。我自己是一個辦事不太認真的人，記性又懶，眼前發生的事，時過境遷，來得快，去得也快。有時候，突然心血來潮，腦子裡會想到一些似乎是特別有意思的問題，嘴裡說著「記住記住」，不一會，就忘得一乾二淨。我常常提醒自己，別忘了身上帶個小記事本子，但就始終沒有養成這個習慣。

趙先生逢事必記的習慣，可是自小養成。據說他從14歲(1906)就開始寫日記，一直到去世前一個月(1982)，還寫下最後一段日記。

Up late, took a nap after breakfast. PM took another nap.

所記雖然像是生活瑣事，但顯然趙先生覺得能小睡——而且是上下午一連兩覺——可不是一大快事！而且從這短短數語，也可以看到趙先生雖然是九十高壽，但腦筋並不遲緩，對生活細節並不忽視，而且記性好，執筆記錄，文字簡潔清晰。我們試回想趙先生從1906年到1982年，整整76年，在這二十世紀四分之三的歲月中，他蹤跡遍四海，所聞所見，他感興趣的都一一筆錄在案，長短不一，翔實可考。趙先生還有另外一樣強項，就是他除了筆錄所聞所見之外，而且勤於收錄各樣實物為憑。一切書信文件來往，必留副本，以備日後查詢。對一個做事有條理的人來說，這種分類歸檔的做法，並不稀奇；但是趙先生的檔案中卻保留了許多小事小物小紙條，像旅遊路過的城市買的車票、旅館收據、飯館的菜單等等，他也整整齊齊地保存下來。趙先生故去以後，我們曾經幫忙整理一箱子一箱子的文件，翻看到這些票據雜物，都覺得十分驚訝。這一箱箱的材料，如實記錄了一位大學者畢生的經歷，我們翻閱之餘，趙先生的身影彷彿在眼前。但是更重要的是，趙先生的故事也就是一個時代的縮影。二十世紀正是近代史上一個轉型期，誰要想研究這百年來中外社會在文化、經濟等各方面發展的模式和足跡，這些似乎是瑣瑣碎碎的生活雜物，正提供了最難找到的第一手真憑實據。趙先生這許多日記、雜記、文件、書信、雜物等等，現在都保存在加州大學圖書館中，供有心人閱讀使用。趙家二小姐趙新那女士和夫婿黃培雲先生，根據趙先生的日記和好些其他珍貴材料，編撰《趙元任年譜》，1998年由北京商務印書館出版。[1] 年譜從1893年到1982年，翔實記錄趙先生一生的事跡。中外多少學者、政治家等等都在編年史留下雪泥鴻爪的蹤跡。

趙先生是一位語言學大師，更是一個語言奇才。古人說將勤補拙，只要努力總有一定的成就。但天生異稟，又以勤勉相輔助，那成就自然不可限量。趙先生自幼就耳聰目明記性好，耳朵聽覺靈敏，萬人無一。任何聲音，只要一聽，過耳不忘；任何細微的分別，他都能覺察，而且都能準確如是地仿效發音。他自幼在多方言的環境下長大，吳語京腔本就是母語，但長大以後，他仍然保留這異能，

1　商務印書館又於2022年10月出版《趙元任日記》，共46冊。

英法德語他都是流利自如。他在文章中提到，他曾去德國某個小鎮，停留幾天，他就馬上掌握到那地方腔調，本地人和他交談，接著就問他：你是什麼時候離開我們這地方的？中國八大方言，趙先生都做過調查和研究；他曾經為哈佛的學生編寫《粵語入門》，1947年出版，大半個世紀以後，依然是教學界最精細的扛鼎之作。

趙先生會說粵語嗎？我可以肯定地說：絕對會！還是七十年代的時候，我在柏克萊教書，有一天，我在辦公室裡接到一個電話，Hello一聲以後，對方接著就問：「你係張洪年教授嗎？」低沉的聲音，標準的粵語。我想：是哪位香港朋友打來的電話？我問：「你係邊位？」(您是哪一位？)對方緊接著說：「我係趙元任。」「趙元任……」我一時還沒意會過來，心裡琢磨是哪位老港朋友？就在嘴裡重複「趙元……」二字時，突然驚醒，趙先生！可不就是趙先生嗎？我趕緊坐直身子，糾正腔調，改成國語說：「您是趙先生！」那天的電話到底是什麼內容，我已經想不起來，但趙先生的粵腔粵調，字正腔圓，至今猶在耳邊。

趙先生早年編寫的《國語入門》，其中有一課是幾個人在茶館的對話。趙先生親自錄音，扮演不同的角色，操不同的方言對談。除北京話以外，還有上海話、蘇州話、四川官話、揚州話、廣東話等等。揚州和我家鄉鎮江只隔一江，同屬所謂的江北話。我最近聽到錄音，雖然只是簡單的幾句，久別的鄉音，特別勾起想跟誰說說江北話的欲望。

趙先生不但辨音能力特強，而且喜歡玩弄聲音，能人之所不能。他最有名的一個文字遊戲，是一則長達百言的〈石室施氏食獅史〉文章，以簡樸的文言寫出一個曲折離奇的故事。

> 石室詩士施氏，嗜獅，誓食十獅。施氏時時適市視獅。十時，適十獅子適市。是時，適施氏適市。施氏視是十獅，恃矢勢，使是十獅逝世。氏拾是十獅屍適石室。石室濕，氏使侍拭石室。石室拭，施氏始試食是十屍。食時，始識是十獅屍，實十石獅屍。試釋是事。

我們試用國語朗讀，整篇都是shi-shi-shi的聲音，不可讀也不忍卒讀。為什麼？因為全文96字，用漢字寫出來，一共有33個不同的單字；但念起來，卻只有一個音節：shi。同一個音節，配上聲調，陰陽上去，就各有自己的文字外貌，各有自己的意義內涵，在寫作上各擅勝場。趙先生寫出這樣看似繞口令的遊戲文字，其實正是他匠心獨運，用一個簡單好玩的故事，展示出漢語的兩大特點：漢語是一個單音節、帶聲調的語言；而且漢語歷史悠久，古今有別，文白分家。這樣文言的短文，能看不能讀，正是因為古音和今音不完全一樣，古今語法和詞彙也有很大的差別。我們試用其他方言來念「誓食十獅」一句，也許四字並不同音，這也就說明方言發展各有自己的蹊徑，和北方話分道揚鑣。這許許多多語言學上的細節，不是一言兩語能說得明白，但趙先生只舉一個小故事為例，讓誰都會感覺到中國語言的神奇巧妙，就算是不知其所以然，但是知其然已經是一個很大的收穫。

我們都知道英文有一首字母兒歌：「a–b–c–d–e–f–g……」，娃娃抱在懷中，牙牙學語，父母都已經教著唱abcdefg。據說趙先生曾經把這首兒歌倒過來唱，錄成聲帶，然後放在機器中，倒過來放，居然就是原來的a–b–c–d–e–f–g。這樣的製作，聽來簡單，其實是萬萬分的艱難。因為倒過來唱，並不是就把字母倒讀一遍，從z往回說y、再說x……我們試以x為例，「x」的發音基本上是e-k-s三個聲音，倒過來就是s-k-e，倒錄的時候，得先從輔音s開始，再回頭發音說k和e。單一個x已經如此複雜，26個字母，每個都得這樣先拆開，換成一大串的聲音細節，然後把每個細節倒讀。「x」的細節既然可分成e-k-s，錄的時候，就得說s-k-e，等到把錄音帶放在機器中倒放，s-k-e就還原成e-k-s。其間過程的繁複，非一般人能想像得到。事實上，我並沒聽過趙先生這個錄音；但這樣的工作，或者說這樣的工程，匪夷所思。就算有這種破天荒的想法，但沒有趙先生天賦的異能和巧思，又有誰能真的倒錄還原，製作成功？古人說鬼斧神工，這聲韻鬼斧，還得請趙先生來掌握，才能巧奪天工。

今日漢語有拼音配搭，我們電腦書寫，也常以拼音輸入。其實早在民初，中國已經推行國語羅馬字（簡稱國羅），而參與創作推行國羅的諸位先生，首推趙元任。國羅和漢語拼音，基本上都是用英文26個字母拼寫漢語數以百計的音節。不過兩者之間有很大的一點不同，就是漢語每個音節除了元音、輔音以外，還有聲調。「媽麻馬罵」屬陰陽上去四個聲調，聲調一動，就換成另一個字，別有所指。「媽罵馬」和「馬罵媽」，意思迥然有別，關鍵就在聲調的高低升降。漢語拼音是把聲調升降以符號形式放在每個音節的元音之上，例如mā、má、mǎ、mà。但是趙先生的國羅，是把聲調放在每個音節之中，同樣的「媽麻馬罵」四字，拼寫是mha、ma、maa、mah，「a」的頭上並不帶什麼聲調帽子。趙先生這樣處理聲調，有他一定的道理。他認為聲調是漢語每一個音節的內在有機成分，用符號標寫，會讓人以為這是音節以外的附帶成分，掉以輕心，難以拿捏。我曾經在大學教過多年漢語，學生總覺得聲調是最難掌握的一部分。有的學生看到元音上的升降符號，就仿效符號的升降，抬頭低頭，或上或下，左右扭動，以為這就是掌握聲調變化最確實的表現。其實不管他們怎麼使勁地把脖子上下左右扭轉，他們嘴裡的發音，卻往往是同一個調調。國羅成功之處，就是把聲韻調三者結合，每一個音節都賦予自己獨特的拼音面貌，過目不忘。今天最流行的拼寫，當數漢語拼音，但是從學習的角度來看，許多學人還是覺得國羅最有道理、最為有效。簡單一點來說，電腦輸入要是使用聲調符號，就得把升降符號逐個打在元音上面，費時多事；哪像使用國羅，只要按著鍵盤上的26個字母，無往不利，什麼音節，一打就是。

趙先生早年編寫的《粵語入門》，也設立了一套粵語羅馬字（簡稱粵羅），系統更是複雜。粵音聲調是九調六聲，不得不運用更多的標調規則。同時，他希望在粵羅系統中，更帶出一些北方話和古代語音的特點，一石二鳥，可以在學習粵語的同時，也漸漸認識中國語音的變化軌跡。他這一種跨越時代的標音，正是為他日後推出的中國通字做出第一步的嘗試。通字最大的特點，就是每一個漢字只有一個拼音，也只有一個意思。〈石室施氏食獅史〉呈現的是同一音節可以有不同的聲調，代表不同的漢字。但是在通字系統中，他把南北方言的語音特點都放在每一個音節之中。這樣一來，每一個音節就只有一個讀法，南北變異，就通過不同的對換規律而得出當地標準的發音。一字一音一義，是編寫通字背後的最終理念和最大原則。沒有趙先生宏闊的視野、精通古今之變的學問，根本不可能有這樣的識見，更不可能有這樣劃時代的創舉。「中國語言學之父」這個美譽，趙先生實在當之無愧。

趙先生學貫中西，而且對各個專業各種範疇，他都興趣很濃，也涉獵很廣。大家都知道他原先是學數學物理，後來轉攻哲學。在大學任教，開始教的是物理科目，因為物理包括聲學，他於是對聲音進行研究。由聲學轉成專攻語言學是後來的發展，但這一個轉型，也就定下他終身研究的方向，為中國語言學開闢出新天地。趙先生對聲學的興趣，其實也和他自己的音樂素養很有關係。他從小就受到音樂的熏陶，上學以後，更受到嚴格的音樂訓練，中學的時候已經開始音樂創作。他對自己的女兒，也同樣自小栽培她們對音樂的興趣。據說他們一家六口開車跨州旅遊，一路上唱歌為樂，中外歌曲，古典現代，引吭高歌；有時候，四個女兒更來個四部合唱，樂也融融之餘，輕車已過萬重山。趙先生譜的曲子很多，最膾炙人口的一首是〈教我如何不想他〉。趙師母常跟我們說，別人總以為這是趙先生的大作。其實，這歌是劉半農填詞，趙元任譜曲。她說有一次在大學堂表演，禮堂裡擠滿了學生，為了是想一睹浪漫大詩人的風采。劉半農是一位老先生，他一出場，底下觀眾都吃了一驚，你眼望我眼，悶聲不響。事後，學生寫詩記其事：

教我如何不想他　閒來無事喝杯茶
原來如此一老叟　教我如何再想他

我們追問，趙先生風度翩翩，他一上台，大夥準是鬧得起哄。趙師母別過頭來，望著趙先生，笑而不答。

趙先生兩老鶼鰈情深，什麼時候，什麼地方，都是你我相隨，公不離婆，婆不離公。我有的時候早上就上趙家，兩老剛起不久，趙師母坐在廚房的飯桌上和我閒談，今天該上什麼地方、買什麼吃的。趙先生拿著牛角梳子，站在背後給趙師母細心地梳頭。長長的花白細髮，趙先生瞇著眼睛，往下輕輕的一梳，一梳到尾，白髮齊眉。梳通梳透以後，趙師母隨手把銀髮往後一盤，用烏黑的髮插子一夾，乾淨利落，不散不亂。一整天的活動，什麼大小場面，趙師母總是梳著同樣的髮髻，落落大方。宴客談笑之間，她偶爾會抿一下鬢邊，別轉頭來，回頭望一下趙先生，莞爾一笑。

趙先生倆生活很有規律，幾點起幾點睡，都有定時。每天下午，要是沒有別的約會，他倆會開車上城裡的一個超級市場。停了車，進了超市，兩老在一排排貨品陳列架之間的走道中，來回梭巡，買點什麼，總會逛上半個小時。其實，買東西事小，散步事大。他倆在超市來回步行，老當益壯，算是一天的優悠運動，習以為常，超市裡的工作人員，都認識他們。回家以後，少憩一會，下午五點準，趙先生就穿上深色的西服，繫著紅領帶，走下樓來，自己準備了一杯Martini，擱上一顆紅櫻桃。接著就緩步走到趙師母跟前，趁她不太注意的一刻，把紅櫻桃往趙師母嘴裡一送，銀絲眼鏡背後，只看著她咬櫻桃那一剎那。古人說：爛嚼紅茸，笑向檀郎唾，想亦如是。趙先生每天喝的雞尾酒是Martini，他給這酒起了一個中國名字，叫「馬踢你」。趙先生說：「按標準國語發音，『馬踢你』最後的『你』當讀輕聲，所以整個三字詞語發音正和Martini分毫不差。」我們年輕人聽了，對趙先生的耳聰和幽默，更是佩服。馬踢你是趙家常規，家裡有客無客，這下午雞尾時刻，風雨不改，櫻桃情深，日月不易。

我們年輕人經常在趙家出入，趙師母有時候坐在廚房桌前，有一句、沒一句地和我們閒聊。日子久了，我們也聽到一些他倆年輕戀愛的趣事。趙師母大名是楊步偉，行醫為業。趙先生當年回國，翩翩書生，已享盛名，不久就認識了性情豪爽的楊大夫。趙先生常上楊家，一進屋子，就悶聲不響地坐在一旁。楊大夫以為這靦腆的小夥子是在追求她的同屋女友，也不怎麼理會，後來才知道這年輕人情有獨鍾，傾心只在一身。楊原有家裡做主的婚配，後來好不容易撤消。二人結婚當日，就在家中便飯款待客人，請胡適當證婚人，在手寫的文件上簽名作證，就這樣成全了世紀簡單婚禮。事後書面通知眾親友，通知書寫著：

> 趙元任博士和楊步偉女醫生十分恭敬地對朋友們和親戚們送呈這份臨時的通知書，告訴諸位，他們兩人在這信未到之先，已經在1921年6月1日下午三點鐘，東經百二十度平均太陽標準，在北京自主結婚。

這樣新潮的結婚儀式，這樣的白話文結婚通告，馬上引起社會巨大轟動。二十世紀新時代新人物，在中西文明衝激配對之下，他們堅持掌握自我的權利，爭取婚姻的自由。趙先生是語言學界一代宗師，他的言行也代表他們倆對這一個剛來到不久的新世紀的信心和信念。

趙師母說，她當年在日本留學的時候，裙下追求者不乏要人，此話當真與否？未敢考證。不過有照片為證，趙師母原名蘭仙，年青的時候，果真是蘭質蕙心，好逑君子眾多，不難想像。步偉是後來改用的名字。趙師母人如其名，步偉聲亮，敢說敢言。我們都知道，在什麼場合，她都是人未到聲先到。他倆第一次回國，周恩來接見，座上都是國家政要，趙師母上座，望著底下眾多來賓，侃侃發言。她說：「我當年叫同志的時候，你們好些個都還剛在上學吧！」此言一出，語驚四座。誠然，趙師母1889年出生於南京望族，1913年赴日本習醫，1919年回國在北京創立森仁醫院，是中國最早的婦產科醫師之一。趙老二人1973年訪華，當時已經年過八十。同志一詞通行於二十年代，對趙老來說，那是五十年前的稱謂。當日座上風雲人物，風華正茂，想當年恐怕還真的是在繈褓學語的日子。

趙師母愛美，但是日常穿著卻十分簡樸。有一個晚上，飯後無事，她從櫃子裡挪出來一個皮箱，她坐在地上，小心地打開，我們一看，一箱子全是一幅幅嶄新的衣料，真是綾羅綢緞，各式齊備；淨色的、帶花的，總有好幾十幅，五色繽紛。我們年輕人看得都呆住了，這可不像趙師母平常的打扮。其實櫃子裡的珍藏，正說明愛美是人的天性。趙師母豪情大性，可是什麼是美的物品，難逃她的慧眼，正如什麼是美食，一經她的品嘗，就不同身價。我還記得有一幅湖水淡藍的真絲，薄如蟬翼，燈光之下，一抖動，絲上細嵌的暗花，像似一隻隻小燈蛾，栩栩欲飛。趙師母行蹤遍天下，她到哪裡，都會找最好的布料，有時甚至高價買下。這些料子都是她多年來在歐美日本各地買來的，不裁不剪，只珍藏在百寶箱中，閒來無事，打開賞玩。

趙師母婚後，決定放棄自己在中國行醫的事業，隨趙先生遠赴哈佛大學，在波士頓定居，相夫教女。四十年代，趙先生原想回國工作，時不與我，內戰在即，1947年轉到柏克萊加州大學執教。此後四十年的生涯，就在這好山好水的金山灣畔，度過他們的下半生。他們來到柏城，就在半山買下一棟三層高的公寓，後院子一片青蔥，樹木茂盛。房子座落Cragmont Avenue，路彎曲而上，右邊有巨石盤臥，往上一站，柏城遠近，連天碧海，盡在眼前足下。趙師母心高氣盛，就在政府土地拍賣的時候，一口氣買下臨近好幾塊地，所以附近的人都管她叫「Cragmont市長」。

趙先生一家六口，四個女兒都生在美國，但是家裡都只說中文。四位小姐博學多能。長女趙如蘭（Iris）京腔京調，專研地方戲曲，著作等身。我第一次見到Iris是在七十年代。有一天，趙先生來電邀約吃晚飯，說是歡宴趙如蘭和夫婿卞學鐄兩位先生。他倆是哈佛和麻省理工（MIT）的名教授，我承蒙邀請，受寵若驚。我想：該怎麼表示謝意？我就去城裡的花店，訂了蘭花送上。怎麼知道到了趙家，才看見送來的是一朵蕙蘭，一般是女士們用作腕上的corsage。年青小夥子孤陋寡聞，一直到了那天我才知道，蘭蕙有別，iris和cymbidium很不一樣。Iris非常溫婉，一點也不介意，對我這樣一個小男生，飯桌上特別照顧。往後的幾十年，我常常向Iris請教教學和做學問方面的各種問題，她讓我眼界大開，對中國傳統說唱文學和表演有了新的認識，由此更愛上崑腔彈詞，樂此不疲。

趙家二小姐趙新那(Nova)早年隨夫婿黃培雲教授回國工作。大洋相隔，一直到了八十年代，中國開放，Nova才回到灣區團聚。Nova和我們這些年輕人特別合得來，她很想知道經過這幾十年的隔離，到底美國還是她記憶中的家園嗎？她說她這些年來都沒說過英文，剛回到加州，耳朵不靈光，舌頭也扭轉不過來，詞彙語法全都忘得光光。但才這麼幾星期，她說的英語就是地地道道的美國腔，比我們這些外來留學生要強多了。有其父必有其女，她擁有趙家遺傳的語言細胞；又或者說，她土生土長在美國，她的母語本就是英語。我常跟學生說，母語就像身上的血，深藏不覺，但是只要碰上適當的時機，母語就會脫口而出，擋也擋不住。Nova和我們有的時候傍晚去看電影，趙師母一直送到門口，再三叮囑，早去早回。微微曲僂的身影，在夕陽斜照底下，顯得蒼老。我們心裡都知道，其實趙師母也很想和我們一起出去玩，過過年輕人的生活。趙師母雖然已經是白髮蒼蒼，行動不便，但是心底裡熱乎乎的，總想試試新鮮的玩意兒。

趙家三小姐趙來思(Lensey)家住華盛頓州，四小姐趙小中(Bella)住在麻省，各有家小。我和她們二位不熟，只在聚會上見過幾面。有的時候，趙家大團聚，兒孫滿堂，家裡可熱鬧極了。趙先生給自己的家起了一個洋名字叫

「House of Chaos」。Chaos是省自Chao's，也就是說Chaos一詞二意：一方面是Chao's，也就是屬於趙家的意思；另一方面，Chaos本身是一個單詞，意思是「混亂」。一家三代，人來人往，熱鬧的場面，混亂中顯得格外的生氣勃勃。趙先生最擅長於玩弄文字，翻陳出新，不拘一格。從這一個簡單的命名，也可以看得出趙先生對語言的靈活感覺，而且是跨語言之間的關聯和轉換，妙手天成。我在加大工作的時候，曾經向Iris募捐，把系裡一個教室改作師生休息室，援先生先例，命名為「Chaos Room」。一進到室內，大窗戶左側就是趙先生趙師母的玉照。趙先生曾經是我們東語系的講座教授，「Chaos」一名，也許能捕捉到這位語言學大家的幽默情趣，紀念他一生對後輩學生的教導和栽培。

趙先生是學壇巨擘，而加大又是美國首屈一指的學術重鎮，每年在灣區舉行的學術會議不知多少。趙先生興趣多方面，許多會議他都到會參加。趙先生出席，趙師母一定坐在第一排聽講。大會小會，趙先生是場中的主角，他一站起來發言，四座屏息靜聽。趙先生識見過人，語帶幽默，聽眾一瞻風采，都引以為榮。但是會後的酒會晚宴，佔盡風頭的卻是趙師母。他們相識滿天下，年長的老朋友、年輕的後學小子，都前來問候。趙師母談笑之間，舉手投足，揮灑自如。趙先生手中握著酒杯，靜靜地站在一旁陪著，悠然自得，一臉滿足的微笑。有的時候，會後還有晚宴下場，賓主盡歡。洋主人宴客，往往是一道沙拉、一道主菜，再來一個甜點，完了；趙師母可吃得並不盡興，就在席上廣邀眾客，明晚請到趙公館再聚——十道豐盛大菜，當然包括她拿手的全素十香菜，色香味俱全。

說起宴客，趙先生的日記本子上所記載的大小宴會，幾乎無日不有。趙家大門上貼了一個小條，上寫著「記得帶牙」四字。原來，趙先生嘴裡上下都是假牙，所以出外吃飯，最要緊的就是別忘了帶牙。記得有一次，趙先生在館子裡吃飯，回家以後，發現嘴裡的牙沒有了。這才發現，原來在飯桌上，因為不舒服就把假牙脱下，拿餐紙一裹，放在一邊。餐桌上談笑風生，飯後匆匆散會，竟忘了還擱在桌上紙包著的牙。等回家以後，這才發現，趕緊給館子打電話，不過時間已晚，館子已經打烊。等到第二天，這才聯絡得上，可惜館子當天晚上已經把所有的食餘殘羹和一切雜物，一籮腦都當垃圾處理，全給扔了，無法追尋。趙先生只得趕緊到牙醫診所，重配假牙。不過，牙可不是一配就有，來回裝配，總得費時好幾天。趙先生是一個這麼愛吃的老饕食客，沒牙可怎麼辦？可是下午五點，趙先生如常下樓來，Martini一杯，周旋於客人之間，嘴裡咬著花生，談笑風生。沒牙，怎麼嚼得動？原來趙先生運用上下牙床，開合之間，互相敲撞，再硬的花生，他一樣可以咬碎嚼爛，照吃如常，厲害吧？趙先生年輕的時候，熱愛運動，可是有誰想到他晚年還留有這麼一手牙床真功夫！

趙老二人晚年相依為命。住在Cragmont老房子，半山的路彎彎曲曲，而趙家停車要開上左側的小坡，一條小路，狹窄而又彎曲。那個年代的車，大多是巨型房車，這條小路，誰敢把著輪盤，左搖右擺地開上去？只有趙先生能開上去，也能倒退下來，輕而易舉，毫無驚險。不過人老了，這驚險二字也就漸漸成了常事。趙先生的車，兩旁傷痕處處，皮外傷但機器還是牢固，趙先生照常開上開下，習以為常。有一次，我和朋友開車經過大學附近的一條大馬路，傍晚時分，路上車少，行人也只是兩兩三三。我開著開著，怎麼前面的車開得像蝸牛一般地慢？我心急氣躁，按了兩下喇叭。坐在我旁邊的室友說：別著急，有的是時間。我還沒未來得及回答，我的車已經開得很靠近前面的車，定睛一望，那坐在前邊開車的可不是趙先生嗎？我嚇得趕緊把頭縮下，希望沒驚動他老人家。不過就有這麼一天，趙先生果真把車開丟了，大家都很著急，已經是晚上，還沒回家。後來警察把趙先生送回來，安全無事。但是車不知道停在哪兒，我們幾個年輕人開車去找，後來終於在一個山坡上找到，前輪子已經越過了山坡的邊，搖搖欲墜，也真夠危險。這幾年，我自己老了，開車也慢下來了，停車更是進退兩三次才安全停好。有時候，有人開車從旁經過，會往我看一下，搖搖頭，大不以為然。我有點不服氣，但一低下頭來，趙先生的舊事，霎然重上心頭。

趙師母晚年健忘，天黑以後，許多陳年舊事，都恍如眼前。我有時開車帶他們回家，趙師母會在車上說一些舊話。有一天，我們開車回家的路上，趙師母昏昏欲睡，突然她撐開眼睛，往窗外一看，別轉頭來，對趙先生說：「元任啊，我們今天就在這裡找個旅館過夜，明天再開Boston吧。」趙師母想必是夢裡又回到哈佛年代。趙先生回轉頭來：「我們現在人在柏克萊，馬上就到家了！」我當時心裡想，趙師母這一會神智模糊，又何必句句當真！但是趙先生就確實是句句當真，一板一眼，不會將就過去，他做學問如此，在這黑暗的車廂裡，也還是不忘直言真相。

1981年2月，趙先生早起，趙師母還在高眠。等到中午，趙師母還沉睡不醒，趙先生看情形不對，趕緊打電話送醫院。這些都是我們事後才知道的情形。趙師母在醫院多天，我們去看她。我望著枕上熟睡的趙師母，偶爾幾聲微弱的鼻鼾。我摸著她的手腕子輕輕地說：「趙師母，我們都來看您了。」趙師母的脈搏一上一下跳動，雖然很慢，但是我手心可以清晰地感覺到。她在夢中依然是自我意志的主宰，她的生命依然掌握在她掌中。他們大女兒趙如蘭從哈佛趕來，日夜伺候床前。但是她在哈佛教學的工作，不能就此放下。過了一段時間，她決定把父親帶回哈佛，以便照顧。臨走的那一天，趙如蘭到病床前對母親說：「媽咪，您別擔心，我會把嗲哋帶回哈佛，好好照顧。」據說，就在他們上飛機後不多久，趙師母就在醫院裡去世。大家都說，趙師母這許多天一直硬撐著不去，為的就是放心不下趙先生。現在女兒答應了，她也就無所牽掛，一切放下，瀟灑地離開。天人從此兩隔離，但廝守之心，兩人始終不渝。趙先生在哈佛住了一年，相繼去世。

1971年，兩老慶祝金婚，趙師母賦詩一首道：「吵吵爭爭五十年，人人反説好因緣。元任欠我今生業，顛倒陰陽再團圓。」趙先生二話不説，寫下十四字明志：「陰陽顛倒又團圓，猶似當年蜜蜜甜。」來生再世，陰陽團圓，事不可知，但是人生能有這樣的老伴相依，甜甜蜜蜜過了整整的一個甲子，那又夫復何求？

趙先生當年是北京四大名教授之一，與陳寅恪、王國維、胡適齊名。他創立中央研究院，開辦歷史語言研究所。他在美國加州大學執教四十年，二十世紀中的語言學家許多都是出自他門下。他著作等身，對整個中國語言學的發展影響至巨。我1969年來到加州大學，高山仰止，拜見趙先生。此後十多年，時常有緣隨侍在側。我近年老邁健忘，燈前偶爾還會想起許多趣事。今札記兩老家居閒事一二，聊供茶餘小讀。我手頭有趙先生自己彈唱的〈教我如何不想他〉，是趙先生故後，趙如蘭轉送作為紀念。黃昏過後，我會打開機器靜聽，鋼琴聲剛開始，就聽到趙先生蒼老的聲音。十指彈著老曲，浮雲微風，西天殘霞，嘶啞的嗓子緊跟著拍子，一句句唱來，都是無限的眷戀和難捨。

趙先生故後，山上的房子就捐給學校。後來因為房子殘舊，地基不穩，維修費用過高，大學決定把樓房出售，所得歸學校所有。Cragmont三層高樓，今日依然屹立山頭，庭院猶在，但已經數易其手。我們有時步行經過，總站在街前抬頭仰望。外牆一色朱紫斑駁，門戶森嚴。舊日停車斜徑，而今雜草叢生；想必是新主人沒有趙先生的膽量，誰敢直開上下。涼風漸起，站久了，夜也漸深。當年趙師母就這樣站在階前，在殘霞斜照底下，揮手送我們幾個年輕人上車去看電影。曾幾何時，前塵俱往事，野火冷風，幾度夕陽紅。

教我如何不想他　閒來無事喝杯茶
人間二老神仙侶　教我如何不想他[2]

本文曾由北京《財新週刊》副刊首發，
2022年4月4日和11日分兩期刊登。

2　根據趙如蘭在《趙元任年譜》中所記，〈教我如何不想他〉一歌流傳很廣，引起坊間許多揣測。這「他」到底何所指？是男的「他」，還是女的「她」？趙先生後來把歌名英譯為“How Can I Help Thinking of You”或“How Can I Help but Think of You”。You可以是男，也可以是女；可以單指，也可以複指。一個鮮明的誓言，一個簡單的you，代表心中一切所愛，回答了所有的問題。

作者與趙元任先生，1969年攝

p.7, l.8 變換語法 (transformational grammar)
generative grammar & transformational grammar may be closely related, but differ at least in approach or emphasis.

p.9, l.5 For 幾十年 read 許多年
[因為有些年 [illegible]]

p.11, l.4 For 這一方 better say 不同的

pp 13-14. [illegible]

p.18, l.10 /w/ /u/

p.33, l.10 [illegible] [illegible] [p.47]

pp. 34-37 linking [illegible] 也許沒有 double ending. Cf. Eng linking.
go away, in it (stress)

p.38 [illegible] no real gemination [illegible] morphophonemic change

p.44, l.3 [illegible] (at normal speed) 53+53 [illegible]
也要 55+53

p.45 cf. note on p.33, l.10

p.56 末行 "以介音……" 這是不是最簡單化的辦法?

p.87, 89, etc. [illegible] 倒了

p.111 注七 [illegible] 引入.

1969年，趙先生批改作者的碩士論文時手寫的評語，十分難得

趙師母楊步偉女史著作的中國食譜 *How to Cook and Eat in Chinese*

1944年冬，趙元任與趙如蘭父女在美國劍橋家中
（香港中文大學圖書館提供）

67-1

Diary of Y.R. Chao
1967

Sunday, Jan.1, 1967
Up at 10 to 9. Helped Y preparing for New Year guests. The S.C. Kiangs came with a big sea bass, but did not stay for dinner. About noon came the S.K. Wangs, K.S. Wangs, Bill Wangs, ZY Lius & Yvonne, Borm Suchs, Leo chens, S.S. Chern, S.H. Chens, S.T. Kwans, H.H. Hus, Dean Chiang w H.F. Lus, 27 guests including the Kungs. We had 4 card tables in row in back & low card tables in front. Took a nap. Iris phoned. Lensey phoned. After dinner went w Y to drive around & bought some things at U.Save Market. Took a little nap. Drafted letters to S.S. Shih Clark University of Toronto declining invitation to lecture Chin lang(?) 67-68.

Monday, Jan.2
Up at 9. Signed(?) things. THe H.F. Wangs, Dean Chiangs & their children here to lunch. PM took a nap. Went w Y to the Berkeley Heliport to get canta arriving from Boston. Sent her to her new apratment on 2523 Ridge Rd. Prepared draft of T.L. Mei's memorandum as mine to send to Fritz Mote.[I think T.L. Mei is a philosopher while Fritz Mote is a linguist.] Got Canta & Gulign(?) Barker here to dinner. Sent them back to unpack things. Canta returned to spend the night here. Called up Iris. Bella called. went over Christmas(?) cards with Y, taking about 2 hrs.

[Canta was in U.C. Berkeley for college and M.A.;
I was in the Boston area, refreshing my grad studies at Boston College.--Bella]

Tues., Jan.3
Up at 8. To office.
Errands in town, renewing auto registration, etc. Went w Y & Canta to lunch at Spenger's [a great seafood place]. To Montgomery Ward's in Richmond to buy an aluminum folding bed for Canta. Sent Canta to her apt. Took a nap. Canta came back for dinner. Sent her back & looked over her room, her 3rd roommate Sylvia Brown there. Had another(?) bed put in there & we brought back the aluminum folding bed back. Took another nap. Prepared typed up notes on Lensey's White Serpent Castle. [I thought it was written only recently.--Bella, 1992]

Wednesday, Jan.4
Up at 8. To office. Sorted things. Canta dropped in. Did errands. Took Canta home for lunch. Took a nap. went out w Y & Canta & sent her to her apt & things. Marketed at the Coop [The Coop in Cambridge did not have a market, but the Co-op in Berkeley was a market.] In eve took another nap. Prepared remarks about reversed speech for Language Lab.
[This was one of Father's enjoyments. He also liked palindromes.]

- - - - -

1967年1月趙元任先生日記，這是1990年代打字版本的首頁，
內中包含趙家四小姐趙小中（Bella）1992年的按語

1940年，攝於美國康涅狄格州紐黑文（New Haven）
（匹茲堡大學榮休教授榮鴻曾提供）

1941年，趙元任先生一家六口攝於美國麻省劍橋的住宅門前

（榮鴻曾提供）

趙師母與趙先生，1970年代攝

（榮鴻曾提供）

趙元任先生寫給作者的明信片，「迪呀」就是Dear的音譯

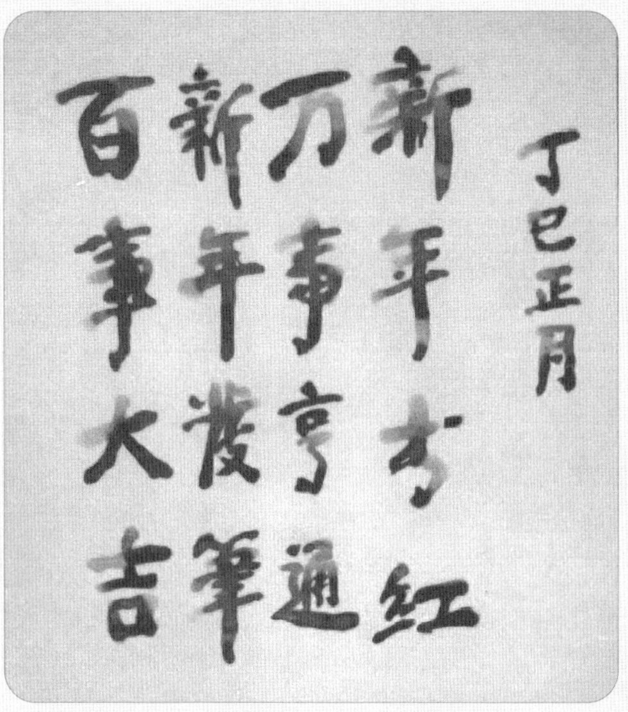

1977年，趙先生親筆寫的農曆新年賀詞

櫻紅世世李邊栽

記李方桂先生（1902–1987）

二十世紀是中國現代語言學的奠基時代，當年有兩位大師，在學術上的成就舉足輕重，他們對中國語言學後來的發展，影響尤其重大，一位是趙元任先生，另一位是李方桂先生。二位先生博通古今中外，但趙先生集中精力研究漢語語音語法，尤其是在中國各大方言研究，發表多種專著；李先生則主打中國境內漢語以外的語言，所以享有「非漢語語言學之父」的美稱。

李先生早年留學美國，隨語言學大家Edward Sapir學習，專研北美洲印第安語，後來又轉攻泰語和藏語；二十年代回國以後，致力於調查中國境內各種語言，記錄大量少數民族語言的原始材料。我的老師張琨先生是李先生的學生，論輩分，李先生是我的太老師，我應該稱呼他做「師公」，李先生的夫人是我的太師母。但是我們這些後輩，一直是以「先生」「師母」尊稱二位，他倆也不以為忤。

六十年代末，我上研究院的時候，李先生剛發表《論上古音六講》，我們人手一冊，是他在台灣大學講演的講義原稿。我對上古音的認識，也就是從李先生的講義中初窺堂廡。我們老師周法高先生把李先生的分析，和其他學者的說法相互對比，演繹其間的承傳演變。李先生是古音大師，他對上古音的擬構，別開蹊徑，自創一家之言。但是，中國古音其實只是李先生研究的四大範疇中的一塊而已。他研究北美洲原住民的印第安語，東亞的藏語、泰語，都學有專精，著作等身。二十世紀早期的語言學研究，側重實際語言的調查，對每一個語言都得仔細描述，分析其間每一個聲音、每一個詞語的內在成分和外延變化，有了共時的材料，再向上考究各相關語言之間的歷時承傳和變化。李先生做學問的原則是有多少材料，就說多少話；沒有實證，千萬別多說大話。從二十年代開始，李先生一直努力實地調查各種語言，蒐尋語料，就是為做進一步的研究打下最牢靠的底子。李先生對每一種語言的研究，都秉承這個原則，所以他的研究、他的考證，歷久而彌新。我的老師張琨先生就是這樣做學問，張先生教我們也是同樣的教導和訓勉。

李先生對北美洲原住民語言方面的研究，猶足珍貴。他蒐尋語料，有一些已經瀕臨消亡的印第安語，他細心地如實記錄下來。1927年，他在北加州記錄Mattole民族的語言，這是他第一次做的田野調查，前後工作幾星期，調查所得資料後來成為他的博士論文一部分。調查過程中的兩位發音人，竟然是能說Mattole語的最後兩位先生，碩果僅存。這份調查所得成果，意義特別重大。論文發表以後，有一份藏在李先生長女公子李林德（Lindy Li Mark）家中壁櫥裡，一擱就擱了五十多年，紙張發黃，紙質脆薄易碎。Lindy後來就把整份論文小心打包，給Hupa民族保護區寄去。Lindy說，這已經是二三十年前的事，沒想到當地的工作人員就跟加州州立大學合作，把李先生的論文逐頁漂白，逐頁用塑料包裝，然後複印，逐句翻譯成英文拼音，在保護區作為教授語言之用。這批1927年小卡片、小故事的記音材料，竟會在九十多年後重現語言學界。而且記錄中的語料，有的原住民拿來和他們記憶中保留的某些單詞一一對比，發現李先生當年記音描述準確度之高，教人難以相信。加州州立的Humboldt大學把材料加以電子化處理，學者根據材料撰寫博士論文；有的老師更按故事編寫教材，開班授課，據說當地的中小學學生還真的搶著選修，比別的外語(例如西班牙語)更受到歡迎。老語言失傳百年，沒想到他們又可以重新學習。Lindy說，這是她最近和弟弟李培德(Peter Li)去北加州採訪，途徑Eureka無意中的發現。她說這是「我父親做夢也預料不到的事」，這也是他們做兒女的萬萬想不到的成果。古人說立德、立言、立功，李先生記音調查，為言而立言，著於簡冊，讓一個瀕危的語言得以繼續它的生命，遺蔭整個民族，功實不朽。[1]

我第一次真正見到李先生，卻是我來柏克萊上學以後的事。大概是1970年吧，李先生夫婦來灣區探望他們的女公子李林德。張先生安排飯局，席設三藩市的羊城飯店。張先生帶了我這個寶貝學生，前來拜見師公師婆，我坐在席上，戰戰兢兢。李先生不太說話，我更是悶聲不敢響，眼睛只盯著飯碗。茶過數巡後，我看見李先生面前的飯碗空著，該是添米飯的時刻。弟子服其勞，我趕緊站起

[1] 李培德先生重訪舊地，根據所聞所見，寫成文章，細說當年李方桂先生調查印第安語的種種經過，他今日路經之地，還有許多許多仰慕李先生的老師和學生。文章題目是"Along the Mattole River"，將會在《中國語言學集刊》第15卷發表。

來說：「李先生，您要飯嗎？」短短的四個字，明明是一句好好的問話，可是「要飯」豈不成了「討飯」的意思？一桌的人都停了話語，氣氛頓然凝重起來。我簡直羞慚得想踢自己一腳，怎麼能這麼不懂規矩，說出這樣丟人的問話？李先生頓了一下，接著就微微的笑著對我說：「不用，謝謝。」我這才紅著臉，很尷尬的坐下，不敢望李先生，也不敢望張先生。倒是李先生過了一會，隔著桌子，問了我一些學習方面的小事。我當然明白，這是李先生體會到我這後生小子的難堪情景，用幾句閒話替我解圍。這件小事，我一直引以為戒，從那天開始，碰到類似的情形，需要我添飯效勞的時候，我總會說：「再來點兒飯，好嗎？」別人都說：「張洪年說話，真有禮貌。」這禮貌的表現，得來可不簡單。

李先生是語言學大家，自己也是一個多語言的人。他原籍山西，在廣州出生，在北方長大，一口漂亮的京腔；粵語雖不太常說，但應該是母語。李先生的英語，自然是地道的美式口音。我有一次在一個語言學會議上，碰巧看到李先生和一位年輕的泰國學者坐在會議室外的長條木板凳上，低著頭談話。他們手拿著一些大概是開會的文章對談，顯然是年輕的學者正在向李先生請教一些有關泰語的問題。他們一句英語、一句泰語，雙語來回交替；談到興高采烈的時候，兩人突然抬起頭來，相對一笑——年輕人心有所得，年長者也感到別有安慰。李先生是泰語專家，對侗傣語整個語系進行劃時代的歷史和比較研究；他

1977年發表的*A Handbook of Comparative Tai*，迄今仍然是扛鼎之作。

據説李先生教課，往往像是無備而來，踏上講台，從口袋裡掏出一張薄薄的白紙，上面橫七豎八寫了一些條目。然後，他就開始講課，聲音雖然不大，但句句清晰，條理分明。他喜歡和班上的同學討論問題，我問你答，你問我回應，似乎是順著學生的問題講解，其實他是帶著學生思考問題。當年教課只有黑板一大塊、白粉筆幾支，沒有投影，沒有PowerPoint，沒有Excel。口述耳聽，有的老師是照本宣科，老師講得過癮，但是學生卻未必聽得明白；李先生顯然是採取互動式的講課形式，照顧學生所需，啟發學生思考，帶領學生上路。我來美國上學，李先生已經從華盛頓大學退休，我沒上過李先生的課，不能真正目睹感受到李先生杏壇講學的風采；但是那天在會議場中看到李先生坐在長凳上和那位年輕的泰國學者討論學問，四目交投，你問我答，生公說法、各有領會的情景，可以想見。

李先生1987年故去。李先生身體一直很好，平日穿著球鞋，來往進出，精氣神十足。他得病送院，實在是事出突然，我們都趕去加州奧克蘭市(Oakland)的Kaiser大醫院探望。大夫説可能是中風，也可能是腦癌，還待檢查。在病房中，李先生行動不便，我們看見他在護士的攙扶之下，扶著四腳架，勉強從床上站起來。他身上穿著醫院的袍子，背後敞開半截，袍子下擺的細花前後搖晃；他光著小腿，一小步一小步地蹣跚走向洗手間。想當年，李先生上山下崗，跑遍大江南北、大洋東西，在各地進行語言田野調查工作。雄風今不在，步步維艱。李先生的病症也影響他說話的能力，聲音含糊不清。我們跟李先生談話，只能半猜半琢磨，三句中偶然能聽明白一句。醫院特別安排專業的語言治療師來照顧李先生，一位年青的語言師傅坐在床前，很有耐心地教李先生如何發音，一個聲音一個聲音地重複糾正，李先生也就一板一眼地試著照說。我當時看到這個場面，覺得簡直是有點荒唐。李先生是語言學大家，什麼聲音他不會發？有好些語言中奇怪的特別聲音，還是他第一個記錄下來，現在竟然要坐在一個黃毛「小學生」面前，好好受教！蛟龍困淺水，鳳凰落翅毛，在現實面前，有誰能不低頭？但是李先生似乎並不感到是一個挫折，他努力地仿效發音，勉強發出一個類似的聲音。李先生好像也感覺到自己表現不錯，臉上露出一絲微笑的眼神。我們都知道，李先生是想用自己的毅力克服這語言上的障礙，可以恢復他從前的說話能力。我們也都祈望，這種努力可以幫助他早日康復。

有一天早上我去醫院看他，他一看見我，就一把緊抓著我的手，嘴上唇間蠕動。我知道他在想說話，我趕緊把耳朵貼近在他嘴邊，隱隱約約聽到他在問有關一位教授申請工作的事。顯然，他雖然人在病床，但是腦子裡想的並不是自己的安危，而是周遭更重要的事情，他心裡惦掛著的是這同行學者的工作前途、語言學這行業未來的發展動向。李先生一生為中國語言學盡心盡力開墾，由此可見一斑。記得有誰說過，李先生平日不太愛說話，但是對後學的提拔，總是不遺餘力。今日躺在病床上，這種關懷，還是牽掛在心。

語言是李先生一輩子的事業，與聲音結下不解之緣。他一生雅好音樂，他和李師母都愛好崑曲。他們倆在家組織曲社，結合一些同好的朋友，定期聚會拍曲，練習唱腔。李先生能笛，一管紫竹，唇邊一靠，音樂驟起，如流水、如行雲，高低抑昂。這邊廂笛聲稍沉，那邊廂李師母也就啟朱唇、發皓齒地唱將起來。奼紫嫣紅，賞心樂事⋯⋯一曲〈遊園〉，風流蘊藉，皆在二人管笛囀唱之間，離離若間，綺夢情深。歌聲頓，管聲歇，一室靜寂，眾人都忘了拍手。古人說，琴音樂響，可以攝人心魄，信焉。

李先生也能執筆作畫。我看過李先生一幅斗方著色小品，淡雅的山水，雖是寥寥幾筆，但是文人氣息，溢於楮墨。據說，李先生的祖上兩代都是前清進士，母親原是慈禧太后的代筆女官。李先生自幼在這樣的環境中長大，幼承庭訓，才華自然可以想見。

李先生從華盛頓大學退休以後，卜居夏威夷。1981年夏天，我太太辭去香港的工作，來美定居。我剛好要去夏威夷開會，所以約好在夏威夷見面。這是我們婚後小別半年，重逢在檀島，也算是我們遲來的蜜月旅遊，我們也就順道前來拜訪太老師李先生和李師母。接著，我們就趕著坐小飛機，去別的島上遊山玩水，回程的時候，再上李先生家。我還記得，李師母穿著一身藍色帶花的落地夏威夷式muumuu長裙，帶我們進到屋子裡；我們剛坐下不久，屋簷前就叮叮咚咚地下起小雨，回頭一看，窗戶外，朦朦朧朧的一片青綠。涼風漸起，我身上只穿著單衣，略感寒意。李師母捧出新沏的熱茶，我也不客氣，趕緊捧到嘴邊；才喝上一口，清香暖氣，直透心頭。李師母說，他們家在谷地，每天下午都會下一陣小雨，霎時過後，彩虹橫跨整個山谷，所以地方命名就叫Manoa Valley，意思是彩虹谷。大熱天時，小雨有信，定時給大家消熱解悶，給院子裡的花草澆水，給遍野的林木灌溉，這是上天的恩賜。果不然，半個小時左右，雨過天晴，雖然不見彩虹，但又是一片驕陽的天下。李先生的家在一大片的青蔥圍繞之中，陽光燦爛，顯得特別的精神。

過後不多久，李先生他倆決定搬來灣區，靠近女兒李林德相依為鄰，彼此好相照顧。李先生他們會挑房子，找了奧克蘭市中心一棟高樓，緊挨著Lake Merritt。他們住在高層，站在陽台上，遠眺可以看到毗鄰的小城小鎮，下覽是百畝以上的整個美麗湖。我們第一次來看李先生李師母，印象最深刻的就是站在陽台上所見景象。抬頭是晴空一片蔚藍，萬里無雲；低下頭來細瞰遠近，湖水泛綠，倒映著高樓。湖上有小舟，有水鳥，湖邊栽種著不同的青綠植物。來回的行人不多，車輛更少，安安靜靜的，這哪像是鬧市中心？古人說：結廬在人境，心遠地自偏。而今地不偏，而心自靜。問君何能爾？這就是所謂的擇地而居。

據說李師母十分善於相地，經她法眼審定，氣乘風則上，界水則止，這原是福地，最是難得。

我們每次來看李先生倆，都會坐在客廳裡陪先生閒聊。李師母是美食大師，她留我們吃飯，不管是小吃還是大菜，都是館子裡吃不到的美食。我最記得的一頓，是李師母請我們吃螃蟹。那應該是一個秋天的傍晚，我們來李家做客。李師母從廚間端出一大盤熱氣騰騰的螃蟹，剛剛蒸熟，殼凸紅脂，螯封嫩玉，看著都食指大動。李師母一句：「大家趁熱快吃吧。」十月團臍九月尖，我也不問尖團，趕緊挑了一隻色相最可人的肥蟹，擱在碟子裡，擘下蟹腿蟹鉗，也不用剪刀鉗子，就送到大門牙前用力一咬，殼破肉露，噴香撲鼻。我用手指挑出羊脂美玉，再往香醋小碗中一蘸，帶著薑蓉薑末，往嘴裡一送。我是鎮江人，最愛鎮江香醋，醋香再加上蟹香，人間美味，難以復加。古人說，指上沾腥洗尚香，確實如此。不過那天的美食，不只是指上沾香而已。為什麼？事緣我正陶醉在醋香和蟹香之際，突然咔嚓一響，我也沒怎麼留心；等晚上開車回家的時候，怎麼老是覺得唇舌之間有點不太自然的感覺？到家對鏡子一照，這才發現右邊的大門牙缺了一塊。哈哈，自以為門牙管用，能咬碎螯殼鐵甲，結果是咬碎銀牙。這豈不是眼前報，無腸公子討債來了。此後二三十年間，每次吃螃蟹的時候，我總想到在李先生家吃螃蟹的故事。大門牙的缺憾雖然修補好了，但裂縫仍然隱約可見，不過能一嘗李師母的美食，還是值得！

李師母不但是美食專家，燒得一手好菜，而且她把心得寫出英文食譜，風行一時。那個年代的華人家庭，太太主饋廚事，烹燒煎煮，自然是各出心裁。但是中國菜總是各有所需，食材和調味都和外國菜式不太一樣。當時的中國城唐人街，雖然開了一些中國鋪子，但是來源不多，貨色有限，就醬油蠔油、蝦米冬菇等幾樣。有的小城小鎮，連這些基本的所需也不齊全，巧媳婦難為炊煮，可以想見。李師母深深體會到這各種艱難之處，於是別出心裁，食譜上開列的菜式，所需材料都是超級市場可以買到的貨品。比如說酸辣湯是我們中國人的至愛，熱乎乎的一碗酸辣湯，酸中帶辣，一碗下肚，出一身熱汗，開胃之外，更是開懷。可是地道的酸辣湯，豬血鴨血是基本食材，美國人一般不吃，超市也買不到。這可怎麼辦？李師母就改用罐頭的鮪魚（tuna）。

她的做法是用一罐雞湯，加同等分量的水，燒開。然後調入芡粉，使濃稠。接著把打好的雞蛋倒入，輕輕攪動；然後就把tuna碎塊和切好的豆腐小塊一起放入，再加醬油、醋、酒、鹽、胡椒粉、蔥薑、芫茜，趁熱上桌享用。這個做法非常簡單，雖然她管這道湯叫酸辣魚湯，但是味道不遜一般館子裡喝到的酸辣湯。我們家不吃豬血或鴨血，所以這道湯我們常做，款待客人，更是趁熱端上用，客人喝了一口，都說這簡直不能相信，怎麼罐頭tuna可以做這酸辣上湯，假可亂真。李師母在食譜上還記上幾句按語，迻錄如下：

It may surprise you that I use American canned tuna fish to make a Chinese fish soup. But I use it in order to save time. And, yet, the flavor, the taste is just as good as the fresh fish. Sometimes one has to be a little bit daring and try out things new.[2]

確實如此。做飯也是一種創作，敢於嘗試，敢於創新，這才能翻陳出新，美食滿天下。李師母的食譜不但介紹每道菜的做法，而且還編排十整套晚宴食譜，每個晚宴九道，從前菜、到主食、到甜食，蔬菜、肉食、湯水一應俱備。書裡另外還準備了自助buffet dinner八種，每種款式不一樣，也都詳細說明每道食物的做法。

李師母的食譜中文書名是《家常食譜》，英文題目是*His Favorite Cook Book*。這個英文題目教人納悶：明明是李師母準備的食譜，怎麼叫做*his* favorite cook book？這個「他」所指到底是誰？書前的引言，作者明明白白地交代清楚，這男子就是李方桂。李師母系出名門，不愛廚藝。年輕的時候，老母讓她學燒煮，所謂女子素嫻中餽事，本是一種女德，不過她堅持不學。但命運造化，卻讓她嫁得如意郎君，漂洋過海，烹煮三十年，而且是越煮越愛，化繁為簡，後出轉精。她六十年代把多年心得寫成食譜，書裡記錄的都是郎君家常或待客的飲食，以「他」命名，自是表示烹飪不只是技巧上的巧妙，還要投入深厚的心意，把浪

---

2 Hsu Ying Li, *His Favorite Cook Book* (1968), p. 88.

漫的情懷化作手底的煎炒細活。承李師母厚愛，1981年贈我太太一冊，四十年後，至今還是李曉茵的烹飪良師。涼拌豆腐、涼拌茄子、胡蘿蔔燒牛肉、韭菜芙蓉蛋、炒蝦仁兒、黃瓜片兒湯、鯽魚蘿蔔湯等都是我們飯桌上的好菜，做法簡單，而且是再健康不過。食譜唯一有待商榷的地方是，許多菜都會讓灑上一點味精。請別忘了，這是六十年代編寫的食譜，味精是廚房必備的調味品。今天我們不放味精，味道一樣可口，一樣下飯。也許這就是李師母說的「be daring」，敢於嘗新，敢於變化，這才會有新的菜式上桌。Lindy也燒得一手好菜，就是李師母調教得好的明證。

李師母當年據說是天生麗質，我們從照片上來看，果然是絕色佳人。李先生少年倜儻風流，才子佳人成絕配，一往情深六十年。我們看到李先生李師母的時候已經是七十年代，年屆七十，依然是風采翩翩。李師母外出，總是一襲旗袍，配上不同的玉石裝飾。清高的打扮，清脆的京腔，總教人眼前一亮。李先生衣著隨便，但文人的彬彬氣息，也教人肅然起敬。到了八十年代，李先生腳上換上一雙白色的球鞋，步伐輕穩，人也顯得更是隨和。在李師母悉心的照料之下，李先生身體也越覺得健康，每天還繼續研究寫作。1987年先生故去，大家都感到難以相信。他的追思會在奧克蘭城一個小教堂舉行，親朋好友悼念一代宗師的離去。我的老師張琨先生，從三十年代開始師從李先生，半個世紀的師生感情，驟然若失，更是泣不成聲。我還記得那天晚上，好些親朋上前致悼詞，張先生老淚縱橫，難以發言。我覺得我應該代張先生說幾句話，表示哀思。我說道李先生老來穿球鞋，而且是白球鞋纏紅邊，八十老人少年裝，這個比喻給底下帶來一些笑聲。會後，果然有人上來跟我說：確實如此，李先生愛穿球鞋，可見他雄風猶在，一點也不見老，也不服老！

張先生原先在國內隨李先生學習，後來隨李先生赴耶魯大學，專攻語言學。李先生後轉西雅圖華盛頓大學任教，張先生也來華盛頓教學。據說，張先生初到西雅圖是寄居李先生家，李先生李師母照料至細，師生情同父子。六十年代，張先生南來加州大學柏克萊校園工作，李先生倆偶爾遠道而來，有時候會在張先生家下榻。張先生家只有兩個臥室，他們必定把自己較寬敞的臥室讓給李先生倆用。張先生常跟我們說當年李先生待他的情懷，無以為報，只有把這份師恩加諸於自己的學生身上，學高為師，身正為範，師德傳承，未敢稍忘。

李先生故去以後，李師母獨居在湖邊公寓，閒日以唱曲消遣，或與好友相聚，打麻將作樂。九十年代，華裔導演王穎把當時風行一時的英文小說 *The Joy Luck Club* 改拍電影，取名《喜福會》。這是好萊塢第一次以全華人班底拍攝有關早期華人移民家庭離合悲歡的故事，所以要徵用許多亞裔演員。當時李師母有　位好友想去應徵當臨時演員，李師母為了好玩，也陪著去湊熱鬧。好友沒有選上，倒是李師母給選中，當劇裡一個媒婆角色。這是李師母第一次在水銀燈下粉墨登場，也真過癮。而且，導演編劇等都屬於年青一代的俊秀，對中國文化認識不可能太深，所以碰到李師母這樣的名門之後、京腔京調，而且對舊日婚嫁禮節認識稔熟，到哪兒去找？所以馬上恭請李師母當場上的文化顧問。電影上市，轟動一時，被評為當年十大佳作之一。不過電影正式上演的時候，因為片子過長，所以有許多媒婆的鏡頭都給刪除，但是李師母給電影的配音還都保留下來。片尾有黑色大字一行「We Remember Hsu Ying Li」，表示感謝和悼念。李師母大名是徐櫻。

我們年輕一輩的小朋友常找機會來看李師母，也順便吃一頓她燒的好菜好湯。1993年的某天上午，李師母來電，在留話機上留言，說邀我們晚上去她家吃晚飯。我回到家裡聽到留言，心裡第一想到的是又有一頓好吃，實在有點等不及待。下午三四點，張先生來電，說「李師母……」，我還沒聽清楚，就搶著說：「對，李師母讓晚上過去吃飯。」張先生說：「不、不，李師母剛剛走了！」我當時拿著聽筒，心裡一呆。莫不是自己聽錯了吧？張先生又重複了一遍。不可能的事，明明早上才來電話，怎麼可能突然……我們後來才知道是車子出事。李師母開車帶著朋友上奧克蘭的中國城，據說是開著開著，突然心臟病發，車子直衝到一家鋪子的外牆，送院已經太晚。李師母享年八十有七。

哲人其萎，李先生雖然故去，但是語言學界對他的思念和感恩，並沒隨時日消滅。許多好友後學為了紀念李先生，舉辦不同的紀念活動，出版一系列的論文專集。我曾經在別的文章中記錄過這些活動。2002年，李先生執教多年的華盛頓大學舉行「紀念李方桂先生百年冥誕國際學術研討會」。八月的天時，正是夏日炎炎，會堂窗外，蒼松磊落，會堂正中，布幔高懸，上面正投射著李先生的玉照，溫文儒雅，一派慈祥。堂上丁邦新先生用鄉音朗誦，是一首二十韻的追悼長詩。詩中追憶老師往事，從西雅圖到檀香山，從台北到金山灣，舊地舊事，在如皋鄉音的吟唱之中，勾起在座各人許多回憶。座上大都是李先生的後輩，有的已經是兩鬢花白，也有好些是年輕的一代學人；有的是曾經師從李先生學習，更多的是從學問上認識李先生。各人雖來自大洋東西兩岸，研究的興趣也不盡相同，但大家都覺得李先生是我們共同的老師，他做學問的專精、他待人的寬厚，都是我們後學的楷模。所以會後大家一致同意，應該為李先生做一些更有意義的長遠安排，成立紀念李先生的語言學會，當時即席籌得十萬美金，作為籌備學會這項工作的基金。

我們這些人平常都是躲在書房中教室裡工作的書呆子，辦起這些事來，熱情有餘，經驗不足，在籌組的過程中，碰到許多預想不到的困阻。但是，殷勤心切，無名的執著，鍥而不捨，終於在2003年10月正式成立「紀念李方桂先生中國語言學研究學會」；時日匆匆，成立至今已經快二十寒暑。學會出版《中國語言學集刊》，是當今在學術界有數的中英雙語學刊，刊載和中國語言學有關的學術論文。同時，學會又成立學術論著獎，舉辦不同的學術會議，鼓勵年輕學子從事這方面的研究。在發刊詞上，特別提到：

> 哲人雖去，但是蹊徑已闢，播種耕耘的工作，我們責無旁貸，我們願以此互勉。

我當年曾參與此事，以此事自勉。[3] 2010年退下崗位，回顧幾年來的工作，雖然稍有成績，但一想起李先生畢生為開發中國語言學的研究，矢勤不懈，我們這一點的努力，能不汗顏？

丁邦新先生的追悼長詩，最後四句是：

> 方死方生火不盡　桂花謝了百花開
> 徐往徐來清淨土　櫻紅世世李邊栽[4]

丁先生當時讓我把全詩翻成英文，以便發表。我是中文系出身，英文是外行，從來沒寫過英文詩，這工作怎麼能接？不過，這詩既然是紀念太老師李先生，我又怎能推辭？硬著頭皮答應，這才發現這首四十句二十韻的七言長

---

3 有關學會成立的緣起、集刊的籌辦等事宜，我曾在《中國語言學集刊》創刊號的發刊詞中說明。《中國語言學集刊》，第1卷，第1期（2006），頁iii–iv。

4 摘自丁邦新二十韻詩〈哀思——悼方桂師〉，《漢語史研究：紀念李方桂先生百年冥誕論文集》（台北：中央研究院語言學研究所，2005），頁vii–viii。

詩，遣詞造句，內中巧妙的關鍵，別有意趣。例如這結尾的四句，其實是所謂的嵌字格，李先生的大名李方桂三字，和李師母大名徐櫻兩字，分插在四句當中，既寫李先生倆的鶼鰈情深，又寫李先生的桃李天下，紅塵火葬，淨土往生。二十八字，一字一轉折，字字珠璣。這些文字上的巧妙，恕我愚拙，實在無法翻譯。想了很久，只有把李、方、桂、徐、櫻這五字一語雙關的妙用捨棄，而只側重描述二位先生用情生死不渝，畢生教化萬千，勉強翻成下面四句打油，承蒙丁先生不棄，與原詩一起發表。

Between life and death, the fire continues to illume,
Cassia now gone, hundreds more to bloom.
To and fro, gently in the land of purity,
Sway, cherry and plum, sway and dance for eternity.

説起翻譯，李先生女公子李林德Lindy倒是好手，中英文俱佳，在兩種語言間來回，反復游弋，毫不費力。白先勇的《青春版牡丹亭》二十九折，整個戲的曲詞道白，英文翻譯全出自她的筆下。Lindy秀外慧中，是人類學教授，也是漢語老師，更是崑曲專家。在父母的熏陶下，她雅好音樂，能歌善笛，美國有一個學會專門研究中國地方戲曲的學會，叫CHINOPERL（Chinese Oral and Performing Literature），每年年會，出版定期刊物。從八十年代起，一直是Lindy帶著好些年輕人一起主辦各種活動，不遺餘力。據説她小時候叫「領弟」，後來學名就翻成林德二字，取其音近。她是李家長女，李家長輩希望下一個孩子會是個弟弟，所以就管她叫領弟，帶來一個小弟弟。果不然，隔了兩年，小弟弟誕生，取名培德，英文名字是Peter；後來又添了一個妹妹，出生在密歇根州的Ann Arbor，取名Ann，中文名字是安德，以德字排行。Peter也是教授，專攻中國古典文學。Lindy今年將屆九十高齡，已經升等當了曾祖母，但是身康體健，經常外遊。前幾年，還一個人開車從灣區北上西雅圖，全程八百多里，能不叫人佩服？Lindy和Peter都寫了一些追憶李先生的文章，文字動人。這裡引Lindy寫的一小段為例：

> 我蹲下握著父親一隻無力的手，皮膚平滑，覺不出骨骼。我附在他耳邊告訴他明天下午再來看他，明天早上是期中考試，我今晚必須回去預備考題付印等等。他一輩子教書，這種任務他是會了解的，會原諒我的。父親不能點頭，只見眼角一串斷線的淚珠，流過耳旁落在枕上濕了一小圈。這是我最後一次看見微有一息生命的父親，和他說話，他好像聽見了。[5]

李先生8月故去，我母親11月病重離世。隨後有一段時間，我會和Lindy在電話上相互安慰。樹欲靜而風不息，喪親之慟，只有同是傷心人子才能明白。

---

5 〈在一個涼爽的地方……：先父李方桂先生(1902–1987)百歲冥誕——憶往事數則〉，《中國語言學集刊》，第1卷，第1期(2006)，頁281。

丁邦新先生在追悼詩中說：

> 哀思竟日不能忘……
> 遙祭吾師一炷香

Lindy家中總供著李先生李師母的照片，上頭掛著李先生的畫作，前面點著清香一爐。生我鞠我，何怙何恃，蓼莪之思，數十年如一日。我近日整理文稿，翻看多年前的老照片，李先生倆儷影雙雙，如在眼前。夜醒不寐，枕前寫下一些追憶文字。夏威夷的初訪、三藩市的飯聚、奧克蘭樓頭的唱曲，舊事如煙，一一縈繞在心頭。

本文又見於《中國語言學集刊》，第15卷（紀念李方桂先生中國語言學研究學會，2023）。

李方桂師母與先生

（李先生長女李林德提供）

李方桂先生一家五口合照，
左起：李先生、李培德、李林德、李安德、李師母
(李林德提供)

李方桂先生的親筆畫作

(李林德提供)

TIMEOUT PAGE TWO

Grandmother charmed her way onto the big screen in 'Joy Luck'

Note from Doug: Steven Mark, an editor here at the Times, has a special connection to the new film "The Joy Luck Club," so I asked him to write about it. The Big Picture will return next week.

By STEVEN MARK

My grandmother, Hsu Ying Li, didn't know what to make of it when her friend started talking this business about a movie audition. There it was, though, in the Chinese newspaper: "Casting call for actresses to portray elderly Chinese women, 'The Joy Luck Club.'"

Her friend, a crony from her opera-singing and mahjong circles, wanted to audition but couldn't get there because she couldn't drive. My grandmother had a simple solution. "I can drive. I'll take you," she said, and so the decision was made.

"The Joy Luck Club" is Amy Tan's 1988 best-selling novel. It is a textured, crystalline depiction of the lives and times of four elderly immigrant Chinese women and their four American-born daughters. In her lyrical prose, Tan relates the disparities and commonalities of these women's existence, in culture, in time and in generation. What emerges is the essence of the mother-daughter relationship.

Filmmaker Wayne Wang, whose "Chan Is Missing" was a breakthrough for Asian-Americans, has adapted Tan's work for the screen. His film premiered Wednesday.

It was to these auditions that my grandmother was going. That day, my grandmother had a thought. Why not try out herself? "Sometimes one has to be a little bit daring and try out things new," she'd written once, in her cookbook, and she was one to live by her creed. So she put on her most regal Chinese gown and her finest jade jewelry and applied her smoothest makeup, and off she went.

Given the tremendous acclaim for the book, there was great interest in the movie and many experienced Asian-American actresses tried out. My grandmother had no expectation of landing a part. She wasn't even nervous.

There was the typical test: They asked her to cry. I can imagine her summoning grief from the memories of her father, a military man assassinated by political enemies, or her husband, my grandfather, who died in 1988. I can see her usually cheerful eyes begin to droop and tear. She would sniff, and then blow her nose loudly with her fingers pinched on her nostrils, exactly the way Chinese do.

But there was something that bothered her about the part that they wanted her to read. The translation was wrong. (The film is in English and Chinese with English subtitles.) It used the wrong kind of language, the language of the Communist era, whereas this particular scene was set in the 1920s.

I can imagine the filmmakers listening to this precious little prima donna at first with bemusement. But my grandmother had this magical ability to charm people, which she then used to manipulate them. I had seen her do it to all kinds of people, from a Chinese official to a prickly American cop. Invariably, she would get her way.

Naturally, they offered my grandmother a part, a small role, as the matchmaker. She even got a role as her assistant for an old friend, Mrs. Gu.

On the set, my grandmother was treated well. I saw her shoot some scenes, and crew members went out of their way to say they enjoyed working with her. The film company even brought me along to Kweilin, China, to assist her on location.

Special to the Times

ACTRESS GLORIA CHEN, Times editor Steven Mark, novelist Amy Tan and actress Hsu Ying Li take a break near Kweilin, China, during filming of "The Joy Luck Club."

Her part, though small, required total commitment. A 12-hour workday was the norm. She would be up at 4:30 a.m., to makeup by 5, then breakfast. Often, though, there would be nothing to do for hours while the set was prepared, the camera positioned, sound levels adjusted and so on. Her brief scene in China took all morning to shoot.

And for the Chinese who worked on the film crew or as extras, the drudgery of filmmaking was far from the Hollywood glamour they might have expected. Forced to shoot scenes again and again, they quickly became exhausted. And yet they were impressed by how hard the filmmakers worked, and wondered, as one man told me, how they could be so "passionate about their work." They had probably never felt such devotion to their own jobs.

My grandmother enjoyed working with such energetic people. Their passion fed her spirit, and she learned things from them, as they did from her. "Out of any three people, one will be my teacher" is a saying of Confucius quoted in her cookbook.

I remember her saying farewell to everybody when we left China, how Wayne Wang came to our table in the hotel restaurant to pay his respects, how everyone crowded around. It seemed like the end of another chapter of "The Joy Luck Club."

EPILOGUE

In Chinese, the word for "four" is considered a fatal omen. Pronounced "ssuh," it sounds the same as "death," and so you try to avoid it. Many Chinese high-rise buildings don't have a fourth floor, just as some in the West don't have 13th floors.

"The Joy Luck Club" is about four women in a mahjong club and their four daughters. The story begins four months after one of the women has died.

Four months ago, my grandmother was killed in a car accident in Oakland Chinatown. Her friend, Mrs. Gu, sustained broken bones in the crash.

They had been buying food for their mahjong club.

Write to: TimeOut Letters, c/o the Times, P.O. Box 8099, Walnut Creek, CA 94596-8099

九十年代，李師母參與電影《喜福會》（*The Joy Luck Club*），由長女李林德之子Steven Mark報導此事

1939年，李方桂與趙元任兩家人合影，攝於夏威夷
（李林德提供）

栖霞紅葉動

記周法高先生(1915–1994)

在中國語言學發展史上，二十世紀是一個新紀元，無論在材料蒐集或是在方法學上的探討，都在小學傳統之外別開新局面。周法高先生（1915–1994）生當這個語言學轉型期間，傳統和新學包容並納，鑽研博深，收穫豐碩，堪稱二十世紀中國語言學大師。

周先生是江蘇東台人，小時候在南京讀書，聰穎好學，寄居姑父國學大師王伯沆先生家中，得姑父的熏陶和培植，早年就奠定了深厚的國學根基。1939年，周先生從中央大學畢業，考取北京大學文學研究所語言組，跟隨趙元任、羅常培、李方桂諸位語言學大家學習，並開始涉獵西方語言學理論，眼界更為開闊。1941年進入中央研究院歷史語言研究所，1945年發表〈廣韻重紐的研究〉，是周先生的成名作。他利用方言及域外對音材料，對重紐問題進行深入探討，提出不少精闢看法。當時在史語所的董同龢先生也就重紐問題寫成〈廣韻重紐試釋〉，與周作同時發表，共獲中研院的學術獎，傳為美談。1999年台灣舉行古音會議，討論重紐這一音韻學重大課題，以紀念周先生的貢獻。

六十年代後期，周先生發表了〈論切韻音〉、〈論上古音〉、〈論上古音和切韻音〉三篇重要文章，對古代音系作了全面檢討，在前人高本漢、董同龢和李方桂諸位先生的理論架構上重新擬構，訂立自己的擬音系統，正所謂前修未密，後出轉精。其後，他又刊行《漢字古今音彙》，排列各家擬音，並舉國語粵語讀音。至今研究古今音變，仍以此作為必備的工具良書。

在歷史語法方面，周先生有三部巨著，統稱《中國古代語法》，分稱代、造句、構詞三篇。全書材料豐富，從甲骨到六朝文字，旁徵博引，規模宏闊，條理清晰。三冊語法在短短四年間(1959–1962)付梓出版，是繼《馬氏文通》後的劃時代大作。但《馬氏文通》移借西方系統解說中國語法，而周先生則從中國文字材料本身，對漢語語法發展作全面性的探討；對中外各家說法，詳加評述，見解精闢，貢獻自不可同日而語。有人把周先生的語法和趙元任先生的《中國話的文法》並列為中國語法史上兩大巨著。從上一個世紀七十年代至今，研究現代語法的，中外代有才人出，但在古語法方面的研究，尚未有人超越周先生的成就。

周先生對古文字學的研究，始於1951年的《金文零釋》，1972年的《金文詁林》是集大成之作，全書上萬頁，把各家對吉金文字的註釋排列薈萃於一書。研究古代文字，甲骨文有李孝定先生的《甲骨文字集釋》，研究《說文》的有丁福保先生的《說文解字詁林》。周書出版以後，古文字學才有完備的參考資料。1982年，周先生又根據後來出土的材料，出版了《金文詁林補》，新添古文字千餘，註疏解釋四千頁。

周先生在方言研究方面，影響至大。他自己一口南方官話，居台港數十年，一直鄉音不改，但他深明方言是研究語言的寶藏。1964年他在香港中文大學就職講座教授發表演說，再三強調方言調查，特別是粵語研究的重要性。

他在中大任內指導多篇論文，從語音、語法、詞彙各方面對香港粵語作深入的探討分析，這些論文至今還有一定的參考價值。今日香港已經逐漸成為全球研究粵語的重鎮，溯其源，周先生高瞻遠矚，功不可沒。

周先生在學術研究方面開拓出很多新領域，在教育方面也栽培了不少人才。他1949年在台灣大學任教，1964年當選為中央研究院院士。其後出任香港中文大學中文系講座教授，1978年榮休，後轉任東海大學講座教授。他從事教育事業近半個世紀，今日在港台海外執教或從事語言研究的學者，許多出自周先生門下。

我是1967年進入中文大學研究院，周先生是我的指導老師。當年考研究院分筆試和口試兩關。我筆試僥倖通過，就等口試決定命運。還記得口試那天，我坐在考室門外，心情忐忑，可以想見。輪到我的時候，我小心翼翼地進到屋子裡，乖乖坐下。圓桌對面坐的都是系裡的教授。當時中文大學有三個書院：崇基、新亞、聯合，各有自己的中文系，老師陣容也不一樣。我是新亞學生，只認識新亞的老師，所以座上的老師，有幾位並不認識。我腼腆地向各老師先生問安，其中有一位老師特別高大，一頭白髮，帶著細框眼鏡，神情不怒而威。他望了我一眼，我心底頓時一陣怯意，我想這位老師大概就是周法高教授吧。他接著就問了我一些問題，到底問了些什麼，我已經記不起來，只記得他一開腔說話，聲若洪鐘，一口下江官話。我原籍鎮江，家裡說的都是江北話。鄉音近，聽起來特別感到親切，怯意漸減，我也可以就順著老師的問話一一回答。口試時間不長，離開教室的時候，我回頭再望一眼，看見老師低著頭在桌上寫字，大概是給口試表現打分數吧。口試後不多久，我們就接到通告，我總算過關，進入研究院。從那時候開始，我就投在周先生門下，開始念中國語言學。

當時中大還在草創期間，研究院借用旺角碧街安利大廈辦公室上課。周先生的中國語言研究中心就設在三樓，整個三樓分割成大小幾個房間，最大的一間是教室，上課、講演都在這裡舉行。最裡面的一間是周先生的辦公室，他辦公、會客、做研究都在這房間。地方雖然比較大，但秘書和研究助理在這裡一起工作，屋子裡再擱下書架書桌座椅等等，也就沒有多少剩餘的空間。周先生平日總喜歡在樓裡來回踱方步，從這屋子慢慢走到另一個屋子裡，一邊走一邊思考，整個樓層鴉雀無聲。樓裡還有兩個小房間，其中一個就分配給研究生，那兩年我和學長張日昇共用一室，面對面坐著讀書，從早上九點到下午五點，一星期五天半，風雨不改。我們和周先生的辦公室也只一牆之隔，朝夕相處，耳濡目染，周先生的教導、周先生的為人，身教言教，對一個才二十多歲的年輕人，那種影響是終身受益。

周先生教課多用研討形式，鼓勵同學參與討論。他當時正在撰寫有關中古音系的文章，有時候坐著埋頭看書，有時候踱步沉思，一有什麼新的想法，就大聲的叫「張日昇、張洪年」，把我們兩個寶貝學生叫到教室裡。他在黑板上畫圖列表，闡述自己對古音古韻的看法。我那時候剛入研究院，聲韻底子很差，剛開始的時候，全然不知先生所講為何物。唯諾之餘，只有在家不斷翻閱參考書籍，將勤補拙，這才勉強略知一二。

研究古音，也就是研究古代語言的聲韻系統。今日的漢語，每個音節可分聲、韻、調三部分，那麼古代語言又如何？古代的聲韻調和今日的聲韻調是否一樣？要深入研究，就得從古代的字書韻書找尋端倪。我們研究唐宋古音的入門書是《切韻》和《廣韻》。《廣韻》二百零六韻，以反切注音。周先生要我們背《廣韻》反切，而且要熟記中外各家對這些古音的解釋和擬構。所謂擬構，就是說這些古代聲韻到底是什麼聲音，可以用音標符號記錄下來嗎？比方說，古代聲母有端、透、定、泥四個聲母，用國際音標記音，就是t、t'、d、n四個輔音。唐代古音，總在千年以上，我們今天怎麼擬測古音？周先生教我們如何利用現代方言材料來擬構古音系統，今為古用，古今連為一體。他要我們明白，擬音並不只是一套符號，死記符號並不代表對古音有真正的了解。他要我們從材料的對比和擬音的步驟來評論各家體系得失，明白各家修訂背後的種種原因，從而可以得到一個對漢語發展的全面認識。語言是活的，但語言的歷時演變有它一定的軌跡和規律。研究語言也應該靈活思考，千萬不可以原地踏步、故步自封。這種啟發式的教學對我們來說，醍醐灌頂，如露滋心，又是興奮，又是害怕。興奮的是這一門學問原來有路可循，害怕的是我們是不是有這樣的慧根、能在這條路上走多遠。就這樣在周先生的帶領之下，我們這才一步一步稍窺古音韻的堂廡。一年下來，古人所謂三十六字母、四等內外轉等條目，已經不再是無字天書、無從捉摸。我對古音的認識，就在念碩士的那兩年，打下基礎，終身受用。

周先生教課，要求很嚴。他上課的時候，站在黑板前，一邊講解古音，一邊標寫古音的各種擬構可能。講著講著，他會突然回轉頭來，問我們哪個擬音最合適。周先生說話的聲音很大，一聲吆喝：「張洪年，你來說說！」我頓時口啞目呆，怎敢回答？可是周先生會鼓勵我們發言，要我們相互批評。這樣的教學，當然是挑戰性越高，啟發性越大。我們為了不想在課堂上丟臉，所以自己就得先好好準備，對問題稍有認識，先生問話，學生才敢開腔。不過，我聽說有些比我們晚上幾年的同學上課，老師一問，聲威懾人，學生渾身顫抖，手裡剛拿起粉筆，就蹦啷一聲掉在地上，斷成三截，腦子裡一片空白。我後來自己教學，也常常逼著學生，讓他們自己提意見。學生能說上幾句，提出一些自己的看法，我會比學生更感到興奮。沒想到後來有學生告訴我，他們上課都很緊張，有的雙手出汗，生怕被老師叫到。有的學生還因為自己表現不好，回家大哭。這些都是我事後才知道的事，其實我這個人根本是一個好好先生，從來不會對學生說一句重話，而且我總是一臉笑容，自以為是親切近人。學生感受到如此重大的壓力，讓我詫異，也讓我反省。不過，我的學生也許都明白我用心良苦，逼著他們發問，逼著他們討論，都只是為了讓他們能培養自己獨立的思考。回想起來，我這種教學是不是深受周先生的影響？日久長遠，也就成了我自己的教學作風。周先生教學嚴謹，但我們沒有一個學生不承認周先生對我們的影響。嚴師出高徒，這是老師的祈願，我們這些學生都能體會，但是有多少能承繼老師的學問，實在慚愧。

我們上周先生的課的年代，周先生才五十多歲，身子硬朗。但是周先生眼疾手顫，不能執筆，寫文章靠口述，讓秘書筆錄。他要引述材料的時候，就讓秘書從書架上某格取下某書，翻至某頁，抄下某行，隨口道來，從不出錯。周先生博聞強記的本領，令人驚歎。其實要是沒有這樣的記憶和分析能力，又怎能把上古、中古聲韻，條分縷析，一一整理出一個完整的歷時演變系統？他上溯殷周、下探漢魏六朝，群經諸子百家的著作，皆熟讀心中，然後才能逐字推敲，建立漢語語法史分期研究的模式。當時常給周先生抄寫文章的是蔡俊明先生。蔡先生原是潮州人，學的是土木工程，對語言學本無認識，但抄寫有年，耳熟能詳，對語言學也發生興趣，研究自己的母語。後來他出版的《潮語詞典》，就是在周先生的鼓勵和指導下而編撰成書。

我母語是鎮江話，生在上海，在香港長大。粵語算是我的第二母語，雖然我說話一不小心，有時候還會漏出

「外江口音」。周先生不以為是大問題，便讓我研究粵語。1968年，趙元任先生出版*A Grammar of Spoken Chinese*（《中國話的文法》），八百多頁，洋洋數十萬言，是當時研究現代漢語語法最全面、最深入的巨著。1966年趙書稿本初成，周先生已經獨具慧眼，安排經費，要把全書翻譯成中文。他聘請剛從美國學成回來的洪越碧博士擔任這項工作，並且讓我負責謄抄。我每天對著趙先生的原書，把洪先生的翻譯逐行對比、逐句謄寫、逐個拼音校對，每完成一章，我都覺得像是少林學武三十五房，每一房都是練武的基本功訓練，每一章都有無窮的知識，一環緊扣一環，一章緊連一章。看完一章，就急著往下看，從構詞到造句，一個句子像是一個七巧板，板板相連，而相連之間，都有軌跡可循、有規律可守。我還記得有人對我說：漢語怎像西方語言？哪有語法可言？趙先生的文法打開我的視窗，讓我看到漢語本身內在的語法結構和規律；漢語和任何語言一樣，都有自己的構詞造句的法則。這也讓我想到，要是沒有周先生的安排，我怎麼會有語法開竅的這麼一天？竅門漸開，對語言的變化也越有感覺。周先生這時就讓我根據趙先生的理論架構，對粵語進行初步的分析。學期臨了，我寫了一篇有關粵語裡的動詞體貌詞尾的文章，周先生看了，大概認為可取，所以就鼓勵我繼續朝著這方向，深入探討粵語裡各種現象。

語言研究，最大的挑戰就是怎麼去蒐尋材料。我能說粵語，我的研究不能只局限在我認識的粵語，而且我的粵語可能會受到其他方言的影響，並不能算是最地道的粵語。周先生深明這個難題，他就替我安排，把廣播電台上一個最受歡迎的連續劇全盤錄音，一共有十幾個小時。我就把這最口語的原始材料，先謄寫成文字檔，內中當然包括許多方言字和拼音，如實記錄口語裡的用詞、造句、語調等。我接著再根據這些材料，按照趙先生的文法架構，前後一年，寫成我的碩士論文。論文承周先生推薦，1972年由中文大學出版，書名就是《香港粵語語法的研究》。我念完碩士以後，周先生說我應該出國，我就聽從周先生的建議，去美國念書。

我去美國上學，還有一段小插曲。當時周先生讓我申請加州大學柏克萊分校，力薦我隨張琨教授學習。那是六十年代，上外國念書，費用高昂。我家境清寒，又沒有獎學金，怎能籌得這樣的經費？上領事館辦學生簽證，得呈交銀行存摺作證明。當時我告訴周先生我的困境，他二話不說，一口答應借我一筆款項，解決簽證的問題。沒想到，不多久周先生突然盲腸炎發病，送院開刀。我們第二天都趕去醫院探望老師。周先生躺在病床上，白色的被子蓋著龐大的身子，氣色蒼白，聲音微弱。手術過後，顯然還需要一段時間才能康復。老師看到我來了，就對我說：「張洪年，你過來，我有話跟你說。」他喘了一口氣，接著說：「借錢這事，我想了很久，我想不行。」他頓了一下，又說：「你年紀還小，先工作幾年再留學也未嘗不可……我自己出國也是四十歲以後的事。」老師這幾句若斷若續的説話，聲音嘶啞，在我耳邊卻是霹靂一個響雷。我整個人呆住，望著老師，一句話也説不出來。我站在病床前，卻像似掉在無底的深坑，升學的美夢，霎時間砸碎，頓然無望。

我走出病房，在回家路上，翻來覆去地在想：升學的事，是否就此放棄？向老師借錢，本來就有點是非分的癡想，錢額不小，借與不借，老師當然有自己的考慮。老師不借，不敢説是老師的不是，不過，年輕人突然碰上這樣的打擊，心中嘀咕，自不在話下。來回琢磨，不一會，似乎眼前一亮：「老師説得也對，我才22歲，先工作幾年，積攢經費，再作打算，也是辦法。只要有心，沒有不成功的可能。」這也許只是自我安慰的阿Q精神，用老師的話來化解心底的沮喪。事隔多年，我才偶然從別人説話裡明白到一點背後的緣由。周先生不借，不是他捨不得錢，而是他想把我留在身邊，繼續跟他讀書工作；他不願意我馬上出國，是他覺得這學生可以調教、可以栽培成才。老師用心良苦，孺子不體會，實在汗顏慚愧。其實，在往後的幾年，周先生一直在照顧遠在外國留學的我，我七十年代出版的書，都是承周先生的推薦才能刊行面世。2004年，香港科技大學舉行「書海留名」活動（Bookmark Me@UST Program），我特別把《香港粵語語法的研究》獻給周先生。當時我英文獻詞是這樣寫的：

The Bookmark Me@UST Program at HKUST gives me a chance to pay tribute to my professor and mentor from some thirty years ago. Professor Chou Fa-kao was a world-renowned linguist who came to Hong Kong in the 1960s and helped promote the study of Chinese language with a particular focus on Cantonese. In those early years, this was a field relatively unexplored. It was largely due to his inspiration, encouragement, and guidance that I took my first step into the field and began my career as a student of the Cantonese language. In retrospect, it was perhaps because of that passion for language and Cantonese that I finally decided to return to Hong Kong, where it all began. And, so, it gives me great pleasure to dedicate to the late Professor Chou my first book, a comprehensive study of Cantonese grammar.

1969年，是我念碩士的最後一年，我趕著寫論文，別的事都暫時擱開不想。留學的打算既然不能成事，那我後來怎麼又能按原定計劃，幾個月以後居然如願到美國念書？這可是意想不到的運氣。我母親說我小時候算命，算命先生說我命中常有貴人照顧，吉人天相，絕處自會逢生。我們的大師兄張日昇，自己是半工半讀，白天在研究院上學，晚上在醫院負責配藥，養家活兒，就靠須微的工資和獎學金。不過他有一些積蓄，一知道周先生的決定，就毅然把他的積蓄轉在我的銀行戶頭，領事館的難關也就一一順利通過。張日昇是一個辦事十分低調的人，行善不張揚，慷慨助人是他認為理所當然的事，但是他從來不告訴別人，所以知道這事的人並沒有幾個。這筆錢也是我在工作以後，才全數奉還。但是我深深知道我念回來的學位、後來找到的工作，這一輩子都得感謝張日昇當年的幫助。張日昇是我們同輩中做學問最扎實的師兄，他後來也出國留學，學成回到香港在大學任教，教學研究成績斐然，退休後卜居西雅圖，安享黃金歲月。更值得一提的是，他對周先生、周師母一直是十分眷顧。他從前每年夏天總飛回台灣，探望兩老。周先生故去以後，我有的時候和他電話聯絡，他總會告訴我他又在準備去東海大學看周師母。師如君父重，師恩不敢忘，數十年風雨不改。他對老師的照顧，對朋友的幫助，情義不渝，允為周門第一大弟子。

我在研究院的兩年(1967–1969)，一直跟隨周先生學習。説實話，周先生這兩年對我的教導和栽培，影響我一生的學習和工作。除了上課和寫論文以外，周先生還交給我另外一項工作。我們在學古代聲韻的時候，從中古音到上古音，都參考當時各家的研究成果。瑞典學者高本漢(Bernhard Karlgren)曾經發表一系列的著作，其中有一本書是*Compendium of Phonetics in Ancient and Archaic Chinese*，綜合他的研究成果，分析整個漢語的發展歷史。周先生認為這書意義重大，讓我翻成中文。我就在日常工作之餘，不辱師命，如期完成工作。翻譯全稿先由香港中文大學研究院中國語言文學會以油印本形式出版(1968)，書名是《中國聲韻學大綱》，1972年轉交台灣正式出版。我1969年赴美留學，所以出版的校稿，全盤交給中心的同事同學幫忙，同窗無私的友情，實在難以回報。有一次，周先生跟我提起說，他原先答應給中華叢書編審委員會撰寫一本專書，因利乘便，就推薦我的翻譯作為專書出版。說實話，我1972年連續出版兩書，實在是老師的提攜，沒有老師的栽培和督促，我怎能有這樣的成績？

除了念書以外，周先生對我日後怎樣做人，也影響很深。記得有一次，中文系的潘重規先生來看周先生。潘先生是我上大學時的中文系的系主任，他師承黃季剛先生，是小學專家，精通敦煌文學和《紅樓夢》。我們聽見潘先生來了，都從研究室裡跑來看潘先生。據說，周先生原先念書的時候，潘先生是他的助教老師。周先生一看見潘先生進來，趕緊站起讓座，請潘先生坐在他的皮椅子上。很簡單的一個動作，背後涵蓋著多少中國文化傳統。周先生當時是中大中文系的講座教授，職稱在潘先生之上，但在這一刻，周先生盡弟子之禮，十分恭敬。我從此明白什麼叫做尊師重道，怎麼做一個謙恭禮讓的讀書人。一個人的學問有多大，但是一日師，也是終身師，不能稍忘，也不敢稍忘。

2014年，東海大學和中央研究院為紀念周先生百年冥誕，舉行一個國際學術研討會，我報名參加。會前會後有好些活動，我和好些年青的老師和同學一起旅遊，在日月潭畔漫步，行行重行行，總是談到周先生生前一些趣事。周先生在香港中大教學多年，退休後轉東海大學繼續開班教導，前後弟子很多。不過，我是周先生早期的學生，他在中大教課，1966年有兩個研究生，一個是張日昇，一個是專攻文字的徐芷儀，1967第二年就我一人。東海好些同學管我叫大師兄，愧不敢當。我趕緊說，學無前後，達者為師。何況真的排年資，我只算是周先生在香港第三個學生，上有張日昇和徐芷儀，比我高一班，學問也比我強多了。不過這兩三天的相聚閒談，讓我更有機會想起從前的日子，也從同學的話語中重新認識周先生。

東海的老師和同學們都很親切，坐長途車的時候，前排後排的年輕人總興致勃勃問這問那，很想知道周先生當年教學的情形。一晃眼已經是四十多年的事，同學一問，心頭就泛起周先生講課那種種情景。我細數自己那兩年要做的功課，周先生對學生們的要求，他們總不能相信。周先生在東海教課，對學生是呵護有加。學生總覺他像是家中慈祥的祖父，談話中總充滿許多回憶，親切緬懷之情，溢於言表。但是他們口中描繪的周先生，和我記憶中的老師，很不一樣。周先生的督促和鞭策，嚴師恍如嚴父，金絲眼鏡背後，很難看到一絲讚許的微笑。我想也許周先生後來年紀大了，對教學那種執著之心，放下許多。看見這許多年輕人，青天白日之下，綠草坡上，背著書囊，繞著那雙手合掌的紅磚琉璃建築，來回穿插。年輕人的氣息，也許讓周先生想起自己從前上學的年代，也就更疼惜這些有心向學的年輕人。他們確實比我們上學的年代要寫意很多，但是我還是很懷念我們在安利大廈閉門苦讀的日子，雖然讀書壓力很大，但在老師指導督促之下，偶爾也會感到自己在學術路途上，稍有進展，那種沾沾自喜的興奮，至今還留在心頭。

我還記得，1969年剛到美國上學，有緣拜訪英屬哥倫比亞大學的蒲立本（Edwin George Pulleyblank）教授。蒲立本教授是著名的漢學大家，著作等身。我貿貿然敲門求見，而且就並肩坐下，大談古音。我是黃毛小子，哪有這種膽量，居然和大師論學？其實，這就是我自以為在周先生的熏陶和教導之下，識力漸長，眼界漸寬，所謂初生之犢，對自己充滿信心。多年以後，我在別的場合中，看到蒲立本教授，聽到他的講演，天外有天，更體會到周先生當年教學的訓導，總要我們先求扎實，先打好底子，然後才慢慢上路，尋求自己的研究路向，謙虛是做學問的第一條件。

説實話，我從1969年離開香港以後，就一直沒有什麼機會看見周先生。1977年我從加州大學休假，申請前往台北中央研究院做研究。有這麼巧，周先生也因事來中研院開會，更巧的是我們都住在南港中研院的宿舍，相隔就幾間屋子而已，所以朝夕總有時間小聚。有一天早上，我去到周先生的屋子問安。桌上擱著幾個新鮮的梨兒，周先生問我要不要吃一個。我說好，就拿了一個青中帶黃的梨兒下樓去洗，準備削皮切塊，再拿上來一起吃。到了樓下，在廚房裡找到一把小刀，削皮正合適。梨兒圓滑清潤，刀鋒敏銳，一轉一轉地削，皮一輪一輪地落下。哎呀，怎麼那盆裡的水突然泛紅？仔細一看，原來我刀法不靈光，自己削到掌心，點點滴滴是我掌中的血。疼倒是不疼，但怎麼善後，怎麼向老師交代？我匆忙在廚房裡找到一塊搌布，用力捂住傷口，然後單手把梨兒洗乾淨，切成八大塊，放在小碟裡，端上樓來，供老師享用。我一直站在桌前，受傷的手牢牢捂著毛巾，緊放在身後，不敢讓老師看見。老師看見我沒吃，還以為我不愛吃梨兒。這事我一直記著，古人束脩受業，我削梨供奉老師享用，也算是稍盡弟子之禮。

當時在台北還碰到有一位香港朋友余迺永，他專研《廣韻》，曾隨周先生學習。機緣巧合，師生難得都在台灣，所以我們就約了周先生，上台北市一家北方館子春風得意樓飯聚，表示敬意。我們約好了星期三在館子見面。星期三早上，我離開宿舍的時候，在宿舍門口看見周先生，匆忙打個招呼，我想反正晚上就可以和老師暢談一宵。到了傍晚時分，我和余迺永準時到達館子，坐在小圓桌邊恭候老師。時間一分一分的過去，望著館子大門口，蹤影渺渺，前後總等了兩個小時，老師始終沒有出現。大概是老師事忙，那時候沒有手機，無法聯絡。我們倆只好草草隨便吃一些麵食，一邊吃，一邊心裡亂揣測，到底會不會發生什麼事故。第二天我起個一大早，就下樓去食堂看看。不多久，就看見周先生高大的身軀，緩步走進食堂。心頭一夜的憂慮，頓時放下，我趕緊上前，坐在周先生身側，問安之餘，再問緣由。周先生望了我一下，微微一笑，然後接過話來說，原來他前天晚上已經去過春風得意樓，在館子裡等了很久，可是沒看到我們。這一下，我才明白過來，原來是日期弄錯，一場誤會而已。不過，當時我心裡感到有點奇怪。周先生以為是星期二飯聚，結果沒看見我們，可是星期三早上在宿舍見面的時候，為什麼不問我一聲？簡單的一句問話，誤會馬上可以澄清，不必讓我們往城裡白跑一趟。那時候從南港坐公車上台北市，八德路一路顛簸，總得一個多小時。不過儘管心裡納悶，我不敢多問。後來回想此事，也許是前一天周先生到了館子，沒看到我們，以為我們年輕人爽約，第二天見面，他之所以不提，是免得讓我難堪。這麼一想，才明白到老師不但沒有責怪我們爽約，而且有這樣的體諒之心，我心裡十分感激。當然，我們後來再訂日子，師生共聚，好好地吃了一頓北方菜式。

1980年代，我曾經在學術會議上看到周先生。周先生在會上評點各講者論文，對各種題目討論，他都提出自己的看法，意簡言賅，提點後學。我坐在台下聽講，霎時間，又好像回到多年前在研究院上課的情形。當年周先生在教室裡拿著粉筆，在黑板上畫表標音，講解古聲韻，銀髮皚皚，聲音洪亮似鐘，底下的學生都低著頭忙著寫筆記，一室皆靜寂。周先生的聲音洪亮如舊，會場上靜默無聲，都在聽講。但是，今天的周先生一頭烏髮，乾淨瀏亮，容貌一新。他站著發言，六尺高的身軀，越發顯得雄姿英挺。周先生不服老，白髮不再，精氣神毫不遜於年輕的一輩，教人由心底裡佩服。可是周先生大概從來沒想到，我這個不才的學生，至今年逾七十，染髮如故，不離不棄——我這是秉承老師的餘韻，還是自己對歲月的執著，不敢細想。

周先生雅好藝文，喜歡蒐購古今字畫，當年他在辦公室、研究室都遍掛名家手跡。閒來書畫前小站片刻，有時更把眼鏡往上額一推，仔細地端詳一番，然後微微一笑，欣然自得。有一天，周先生對我說：「張洪年，聽說你也學過畫畫，改天拿一幅來看看。」師命不敢違，次日，我就帶來一幅自以為還不錯的掛軸山水，雙手奉上，沾沾自喜。周先生打開一看，一言不發，然後讓我掛在牆上。周先生又看了一下，接著就把雙手擱在腰後，慢步走出屋子，離去前，撂下一句話說：「你自己有時間多來看看。」我不明所以，不知道周先生說的到底是什麼意思。周先生把我的畫掛在民初文人林琴南的水墨山水旁邊。接著幾個星期，我一有空，就跑去看看。林紓是文人翻譯大家，但不以畫名。但是我看久了以後，漸漸發覺他的用墨，力透紙背，點皴之間，別有意蘊。回過頭來再看我的著色山水，一片片的石綠赭石徒在紙面渲染，華而不實；久看之下，樹木山石，恍然隨時會從紙面掉下，索然無味。這一下，我突然明白學畫固然要勤快，但是更要緊的是要多讀書，書讀得多，下筆就自然會有書卷氣息。我想，這也許就是周先生要跟我說的話，但是他要讓我自己體會。我當時趕緊把自己的畫卸下拿回家，覺得很慚愧。但是這幅畫，我至今還掛在書房裡，敝帚自珍，為的就是要時時提醒自己。周先生以一件小事教我們做人要謙恭自省，做學問要扎實；不下功夫，也就只能虛晃一下，難有長足的進步。

周先生搜集字畫，當時在學界也相當有名。許多行家藏家都把字畫帶來辦公室，供周先生賞鑒選購。周先生法眼一看，挑出他鍾愛的長條短製，慨然買下。他也喜歡集郵，有什麼難得的郵票，他一口價成交。一兩年下來，周先生珍藏許多瑰寶，他都讓秘書一一登記，而且登錄本子上，都寫下成交的日期和款項數目。我們年輕人好奇心重，就問周先生：「您為什麼要把價錢也都記下？」周先生微微一笑說：「將來我老了故去以後，這些收藏寶貝都可以轉賣，用以養活家小，我太太也就可知道該怎麼開價，怎麼處理這些字畫郵票。」我們一聽，都覺得周先生生財有道，原來「門檻」如此高明，今天就為將來做好安排；故紙堆中固然大有學問可做，對陳年字畫老郵票他也一樣的精明。

我們當年在安利大廈的語言中心上學，雖然老師督促謹嚴，功課繁重，兩肩扛著一定的壓力，不過細想起來，那每天朝九晚五的生活，其實也有很多值得回味的趣事。語言中心地方不大，辦公室總開著空調，儘管是夏口炎炎，或者是冬雨綿綿，我們幾個年輕人一起上課、一起工作。中午一點鐘，我們一起常去附近的一家上海館子吃中飯，叫一碗上海湯麵，才一塊兩毛錢，邊吃邊談心，嘴裡吃得唏哩呼嚕，心裡感到十分過癮。當時周先生正在編撰《金文詁林》，請了幾位研究助理，把金文資料編錄，從各種文獻中摘取有關註釋，一一記錄成條。當時我們常說，這種剪貼功夫十分耗時耗力，翻檢文獻，一不小心就會看漏了一行半行，也許最要緊的訊息，就在那一行半行之中。所以幾位研究助理都撐大著眼睛，聚精會神地細讀，剪貼都得毫釐不差。周先生要求很高，有的時候，他出去開會，一去就是半天，他都先把功課交代清楚，誰應該做哪些工作，從第幾頁到第幾頁。開會回來，一摘下領帶，就馬上檢查，看看各人進度如何，有什麼問題得馬上解決。不過上有張良計，下有過牆梯，有的助理比較調皮，周先生外出前，先把功課多做一些，私底下留著不報，等周先生回來，點算頁數，好容易交代工作多少。投機取巧，所為何事？為的就是等周先生前腳出門，後腳就好跟著走出辦公室，放下工作，喝杯茶、吃點什麼的，大家再閒聊一時片刻，正是所謂的偷得浮生半日閒。其實，周先生也不是不知道年輕人偷巧的伎倆，不過他也不提，就讓年輕人舒緩一下，又何必深究所以？

八十年代，我來台北開會，恰好張日昇也在會上，我們就決定從三天的會上，開溜一天，坐火車上台中，拜訪周先生周師母。那時火車慢，總得開上一兩個小時。我們師兄弟倆在車廂中聊個不停，總有好幾年沒見，敘舊根本不知道從哪兒談起。火車到站以後，我們轉乘計程車來到東海校園。張日昇來看周先生多次，知道方向，所以他帶路領先，我從後疾步緊跟，心裡又緊張又興奮。當日詳細的情形我已經不太記得，我只記得看見周先生，還是從前的魁梧的身子、洪亮的聲音。周師母從屋子裡出來，這是我第一次正式拜見師母王綿先生，連忙請安。師母很客氣，招呼我們坐下，細問近況。她說話略帶吳儂口音，吐字遣詞，一派儒雅氣息。我們在老師家坐了很久，也就告辭。在我記憶中，這是我最後一次看見周先生。

其實在那之前，我還見過周師母一次。應該是1968年吧，我們還在上學，周先生正在編寫《金文詁林》。有一天，周先生剛接到《詁林》初稿，就把我們幾個學生叫到跟前一起看。書稿封面寫著「周法高、王夢旦合編」。我們懵懂小子，不知天高地厚，都搶著在問王夢旦是誰。周先生哈哈一笑，還沒來得及回答，大門一推，進來一位女士，高挑的身子，穿著一件碎花的連衣裙，周先生趕緊站起來說：「這不就是王夢旦嗎？」原來這就是周師母。周師母大名是王綿，王夢旦該是師母的又名吧？我們不敢多問。那次剛巧是周師母從南京南下香港，只是短期停留，來去匆匆，我們一直沒有機會正式拜見師母。

三十年後，我在周先生百年冥誕的學術研討會上，又看到周師母，也見到周先生的女公子周士箴教授。會上老中青的學人濟濟　堂，都為紀念周先生趕來參加。會堂的大熒幕上放映周先生舊照，一代鴻儒，舉手投足，音容宛在。沒想到我們後生小子也在鏡頭裡出現，是三十年前的寫真，張日昇和我站在老師和師母背後，一臉的滿足和感恩。感恩是感謝我們有這樣的機緣隨周先生學習，在學習路途上有這樣的老師帶我們踏出第一大步。當時我更想感謝的是張日昇，因為當日要不是他邀我一起到台中來看周先生，我就不會有這樣唯一和老師師母合照的照片，留作紀念。兩天的大會，洋洋大作三四十篇，台上台下，發言踴躍。會後周師母在一家上海館子設宴，款待眾賓客。周師母身子略見豐滿，但還是一樣的容顏，數十年如一日。周師母席上談笑風生，觥籌交錯，賓主盡歡。周士箴女師兄，克紹箕裘，繼承父業，專攻語言，她從歷史研究出發，又另闢範疇，對語義語用進行深入的探討。她在東海大學任教多年，別有成績。

周先生周師母在南京有一所故居，原是周師母先父王伯沆先生講學藏書之處。九十年代，政府曾列入拆遷範圍，後經周師母幾度斡旋，多處奔波，才把故居留下，又大肆翻修整理，改成「王伯沆周法高紀念館」，供有心人參觀。周師母窮多年之力，整理伯沆先生舊稿，出版冬飲叢書，又以五色排印《王伯沆紅樓夢批語彙錄》一書，嘉惠學界，更是洛陽紙貴。

周先生1994年心肺衰竭去世，享年八十。南京古都，南港故園，香江紫鳳，東海日月，先生足跡所在，青史留名。先生去國多年，故鄉情懷，未能稍忘，曾有栖霞紅葉動鄉情的詩句，道其所念。先生字子範，號漢唐，意取周漢唐三代盛世、中華文化典範之意。先生立言不朽，著作等身。我從東海會議回來之後，曾寫了四句追記其事：

後浪前浪　東海上庠
百載風流　還看漢唐

後來看到老師1978年曾經題贈日本學者吉川幸次郎教授的詩，其中有兩句正是周先生一生的寫照，迻用於此，藉以紀念老師。

天為斯文留一老　派衷南北迪諸生

本文初稿見於陳方正編：《與中大一同成長：香港中文大學與中國文化研究所圖史，1949–1997》(香港：香港中文大學中國文化研究所，2000)，頁198–201。

1967年，攝於香港中文大學中國文化研究所成立之時，
周法高（左四）、唐君毅（右二）等諸位先生為研究所的骨幹成員
（香港中文大學傳訊及公共關係處提供）

周法高主編《金文詁林》，共14卷、17冊

作者六十年代畫作，奉老師命展示，
老師不置一詞，只說「你自己多看看」；
畫作由曾克耑先生題字，至今仍掛在書室壁上

八十年代，作者和張日昇前往台中東海大學，探望周法高老師師母

周法高在閱讀和思考

柏城春雨凍

記張琨先生(1917–2017)

張琨先生，字次瑤。1917年生於河南開封，1938年畢業於北平清華大學中文系。後進入中央研究院，師從李方桂先生。1947年赴美耶魯大學進修，1949年取得碩士，1955年取得博士學位。1951年任教於西雅圖華盛頓大學，1963年轉柏克萊加州大學，接趙元任先生講席，主管東方語文學系的中文和中國語言學教學，1987年榮休。1972年當選中央研究院院士。

張先生學問淵博，是當代中國語言學大師，專研中國音韻史及中國方言，並兼梵文、苗瑤語、藏語研究，著作等身。夫人Betty J. Shefts亦為語言學家，同於1955年取得耶魯大學博士學位，數十年來研究以漢藏語為重點，發表多篇重要著作。張先生於2017年4月去世，師母11月相繼病故。

2017年3月。連日來淫雨霖霖，已經是三月天氣，但還是忽冷忽熱，陰晴不定。可是怎麼也沒想到就在這暮春時節，張先生會驟然離我們而去。上午還好好的，能吃能睡，傍晚竟然右腦溢血。造化弄人，我們無法相信，也不能接受。

張先生其實患病已久，十多年前就發生左腦溢血，半身不遂，但是食慾分毫不受干擾，他一頓吃的比誰都多，十幾個餃子是等閒事。多年來他已經不太說話，但偶爾還能言語幾句。就在病發前那天，我們去看張先生，在飯桌上他還會說「餓」，指著炸醬麵說「好吃」。雖然只是短短一句半句，顯然他還是很惦著吃。我們每次去看他，臨走前他總是別轉頭來跟我們說「See you later」，聲音不大，但一字字都是幾許的期望。

張先生是我老師。我1969年來柏克萊念書，就是為了要跟張先生學習。

我還記得是1969年9月來到柏克萊，第二天一大早就趕到大學校園，找到東語系的辦公室。機緣巧合，張先生正是暑假期間的系主任。我敲門進去，端坐在大辦公桌後的是一位老師，頭髮花白，高鼻樑上架著一副眼鏡，我想這應該是張先生吧。我從來沒見過張先生，也沒看見過他的照片，可是眨眼一看，怎麼這位教授這麼像我父親？我父親很早就離開我們，腦子裡印象模糊。也許，年紀大的男人，頭髮斑白，長相都有點像吧！張先生讓我坐下，問了一些居住的安排，果然是父親的口吻。談了一會，張先生說：「張洪年，你國語説得很好，將來可以給我們當中文課的助教。這學期，你有聲韻學的底子，可以暫時當我的研究助理。我正在研究劉熙《釋名》。」這一句話，頓時教我感到十分意外。説實話，我來念書，並沒有獎學金資助，要是有一份工作，學費生活費可不都有了一些著落？我趕緊站起身來再三道謝，也感覺到得好好的把握機會，跟隨張先生學習。

其實在沒開學以前，我已經開始從他那兒學到許多做人的道理。他和師母帶我上中國城的陶陶居吃晚飯，這是我來美國以後第一次吃中國館子，高腳的藍花碟子盛著許多美味的粵式好菜，我吃得十分起勁，連碟子裡最後的一點醬汁都塗在白米飯上。張先生就又再點了同樣的一碟小菜，接著對我說：「吃飯要有吃相，不能這樣狼吞虎嚥，總得想著桌上還有別人。」我趕緊吞嚥嘴裡最後的一口，把夾箸放下。第二天我們在校園碰到一位姓鄒的學長，張先生讓我安排時間去看他。我當時回話，犯了兩個錯誤。第一，我把鄒說成周，南方話不分，張先生馬上說：「是鄒，不捲舌。」第二，我說我明天twoish來看他。這是我新學會的口語說法，自以為很地道。張先生望了我一下說：「兩點就兩點，為什麼要說兩點多？」短短的一個照面，讓我學會「鄒周」有別，同時也讓我知道說話得乾淨切實，twoish就是拖泥帶水的說法，態度不認真。第三天我在學校辦公樓底下的洗手間看見張先生，他剛洗完手，拿著擦手紙把洗手盆擦得乾乾淨淨。他說要是大家都愛惜公物，保持乾淨，那可多好！就這麼三天的幾件小事，我一輩子受用。別人常說我國語說得不錯，那是張先生調教得好；我對時間有一種執著，說幾點就幾點，最恨別人遲到不守時；一直到今天我還是會拿著紙張到處給別人擦桌子，整理桌上的東西。張先生身教言教，幾十年來，他自己並沒有覺察到。

張先生學問淵博，是當代中國語言學大師。不過漢語並不是他原先研究的專業，他的博士論文是有關梵文的專著，他在苗瑤語方面的研究，更是影響至巨。1947年，他發表論文描述苗語聲調，建立完整的四個聲調系統，這是研究整個苗瑤語發展史的一項重大貢獻，其後各種歷時或共時研究都是根據這最基本的系統發展而來。張先生1957年在《大英百科全書》發表長文，討論藏語言和民族文化，隨後出版專書討論拉薩藏語，還有四大冊的藏語口語專書，討論藏語中各種語音和語法現象。所以，相對這些域外語言而言，漢語是張先生六十年代來到加州大學執教以後才開發的新研究領域。但是在這塊後來耕墾的園地上，卻使張先生獲得最大的豐收成果；從古音到現代方言，他發表許多論述，都是大塊文章，對後來學者的研究，影響深遠。

我跟隨張先生念書多年，恨鐵不成鋼，我一直是十分慚愧。張先生自己治學嚴謹，他曾經説過，做研究就得扎扎實實地下死功夫，千萬別趕時髦，別自以為是；別輕視前人所述，也別忽視最新的研究成果。他認為時下的學者，往往為了配合新理論的框架，三個例子、五個例證，就另闢蹊徑，另立新説。他説其實只要稍微用心，再多看一些材料，就會發現這些説法許多都是七寶樓台空架子，拆下來不成片段。我翻過張先生從前的筆記舊稿，一頁一頁都是手抄的材料，一沓子一沓子的文稿，細細對比推敲，然後才執筆為文。有的時候，文章初稿甫成，他會邀同行年輕學者來家中討論。桌上一瓶紅酒，燈前細讀文章，每個論點都再三修訂。而且文章出版前的校稿，更是一字一斟酌，絲毫不苟。他曾經説過，他以前給趙元任先生校稿，三校以後，趙先生看完還發現偶有錯漏。老一輩的學者如此勤奮嚴謹，我們怎能不感到汗顏？

張先生律己甚嚴，對學生的要求也很高。記得有一年我在上張先生的方言課，定期要交報告。張先生批改以後發還的時候，一個一個地挨著叫名字。有一次他叫到一個名字，特別宣佈這位同學的報告寫得非常出色，表現優異。接著，他轉過頭來，望著我笑笑地說：「怎麼你寫不出這樣的報告？」言短意賅，期望之深，責之也切。我一直到今天還忘不了他那句話。我資質愚鈍，愧對老師，但是從那天開始，我寫每一篇報告，發表每一篇文章，都不敢輕忽從事，張先生當日的話語，我始終不敢稍忘。他說：要研究語言，就得先蒐集語料、觀察語言，一字一音分析各種現象，等語料整理清楚以後，語言就自然會告訴我們這是怎樣的一個語言。這是他對每一個想念語言學的同學提出的忠諂。我所學有限，但是直到今天，我所做的任何研究都是先從材料入手，沒有充足的例證，不敢貿然提出任何新的看法。不知者以為我裹足不敢前進，其實這是老師的明訓，至今我奉為圭臬。他有一次對我說，當年李方桂先生對他的栽培，他是永遠無法回報師恩，他唯有把同樣的心血放在他自己的學生身上。我天資有限，老師的教導，我學到的只是皮毛，唯有希望在教學上也能秉承老師的精神，好好栽培下一代的年輕學子。

我寫論文的那年夏天，張先生去台灣訪問，我就住在他們家，看管房子園子。張先生規定我每個星期要寫二三十頁的稿子，給他寄去。一個星期以後，郵差送來空郵文件，打開一看，文稿上有許多用紅筆批寫的評語和建議，還有好些地方是師母在修改我的英文。這一個夏天，我在研究上固然有進展，英文也因而進步很多。

張先生為人耿直，說話是直來直往，不假顏色，有的時候也會顯得很衝。聽說他在耶魯上研究院的時候，原先安排他要選某一位老師的課。張先生很不以為然，他說：「這位先生有什麼可以教我？我的學問比他大。」張先生在他的研究領域，學問確實很大。有一年在一個國際學術會議上，有一位來自香港的學者，發言時處處保留，別人提問，他不置然否，只是推搪地說這位先生的話也對，那位先生的意見也不錯。張先生聽了非常生氣，差一點直斥其非。事後，他對我們說：「這位學者也許在英國人統治下生活過久，受到殖民文化影響，不敢得罪洋人。」其實在日常生活上，張先生也是一樣的執著。有一次他在銀行排隊，前面有一位老太太和銀行職員扯閒片，張先生等得不耐煩，就大聲地喝道「Stop chatting! Go back to your work」，銀行裡的人都登時愣住。美國人做事有時是不太講究效率，服務員和顧客隔著窗戶，閒話家常，是常有的事，哪管還在後面排隊的人？可是張先生覺得這不是專業敬業的精神，不能視而不見、聽而不加理會。張先生開口說話，排隊的人都暗暗稱喜。

張先生的脾氣犟，快人快語，久而久之，我們都很習慣。可是他對學生向來都是勸勉有加。我當學生的時候，正是釣魚台事件風起雲湧的年代。我參加學校的舞台演出，系裡有的老師以為這些是政治活動，力勸張先生讓我退出。張先生明辨是非，就這麼回答說：「我只管他念書念得好不好，課外活動，他有他的自主權。我相信他。」就這麼幾句話，知我者是張先生。

「知我者」這種感覺，不只是我一個學生的感受。他有好些老學生，畢業多年，還攜著家小遠道而來，到張先生的辦公室看望老師。一日為師，終生為友，不管學生來自何地、說的是何種語言，都珍惜這段師生感情。他曾經有一個研究生，學期臨了只拿到一個B+。這學生向來自命不凡，非常不忿氣，趕來張先生辦公室理論。他說：「我念了這許多年的研究院課程，從來沒拿過低於A的成績。」張先生望了他一望，微微一笑，說道：「該是時間讓你知道你學習尚欠缺什麼。」當頭一棒，一語道破他在學習上的自我障礙。這學生自後收斂傲氣，謙虛勤學，果然在學術上另有所成。

張先生辦事，按章處理，向來是對公不對私。有一年，系裡的中文老師突然出缺，有別系的老師介紹自己的太太來暫替。但是一個月下來，這位太太覺得自己是長輩，許多改卷子的工作，她想交給助教代理。老師的責任，豈可以長輩身份為理由推卸？張先生二話不說，馬上停職。又有一年，系裡有一位教中國文學的老師放長假，系裡得向外延聘代課老師。張先生推薦一位著作等身的學者，系裡老師都一致同意。除了一位年輕的教授，別有私心，想聘用一位老友來柏克萊，結果私心不遂，反口責問張先生是否在介紹老師的安排上，另有回扣。張先生一番好意，竟被誣賴，別人一定會鬧上公庭。但是他深明這樣的爭執，不可意氣用事，無名火起，暫且按下。他秉公處理，據理力爭，系裡上下都明辨是非，事件也就此壓下。倒是幾年以後，這位年輕教授又惹事生非，給學生告發，結果給大學勒令開除。是非黑白，公道自在人心，張先生篤信這道理，辦事總是以秉公為原則，有板有眼，自有分寸。

張先生在加大柏克萊掌管中國語言學多年，開課都在我們東語系。有一年，語言學系提出開辦一門新課，重點在中國語言學。東語系有的老師，以為這樣的安排是干涉我們學系的教學，等於是學術上的奪權。張先生倒是另持看法，他以為學術本來是追求多元化的探討，別的學系、別的老師開課，各有自己所長，百家爭鳴，對學生會有很多啟發，又何苦為自家一己的權益而犧牲學生學習的機會？張先生的寬容胸懷，由此可見。他對學術的尊重、對同行的體諒、對學生的愛護，實在是我們年輕一輩學人的楷模。

張先生說話直而衝，不過他向來不多提及自己內心的感受。我們認識張先生久了，都知道他在別的場合都能談笑自如，但只要一碰到個人感情的問題，他就會立刻把自己重重保護起來，絲毫不露出心底最深的喜愛、擔憂，甚至是恐懼。七十年代初，我們系的陳世驤先生去世，喪禮當日，來的都是學界老友和仰慕者，座無虛設。我當時對張先生說，陳先生向來是喜歡熱鬧的人，要是他能看到今天的場面，一定會很高興。張先生接著就說：「要是躺在棺裡的人是我，那陳先生就有機會親身感受到這許多熱鬧。」此話怎講？驀然聽來，會讓人覺得突兀。其實張先生和陳先生是同系老同事，私交甚厚。老友遽去，他接受不了。古人鼓盆而歌，生死原無奈，歌哭作大通。張先生說這黑色的笑話，也正是掩蓋他心底的傷痛。

我來柏克萊上學，上的是東方語文學系，後來有機會可以轉語言學系，但一直不敢跟張先生提起此事。等到語言學系的老師也都答應，我這才硬著頭皮向張先生提出。張先生低著頭不說話，過了一會，才說：「Sam，你在我們系念得好好的，各個老師很喜歡你。你轉語言學系，我不反對。你當然還會跟我上課…… 不過東語系其他的老師會很失望。」話裡有話，顯然張先生是不願意我轉系，但他卻轉借別人的口吻來表達他的失望。我聽了以後，就決定留在系裡。這一留就幾十年，書念完以後，本來已經到別的學校工作，後來張先生讓我回來，師命不敢違，又重新收拾，再返柏克萊。

我們有時候和張先生飯聚，歲月遷移，談起人生各種難以理解的際遇。張先生會偶爾慨然歎息，對命運造化，表示一種無可奈何的感慨。有一次，也許是燈前酒後，他突然說道：「我真是一個不忠不孝不仁不義的人。」這話說得突然，大家都愕然，不知道如何應對。是什麼事讓張先生說出這麼重的自責言語？我們後來猜想，張先生心底最大的遺憾是他過往的一段婚姻。他1947年隻身赴美留學，留下妻兒在北平。沒想到戰事爆發，登時有家歸不得。中美斷交多年，書信來往斷絕。張先生後來再娶，已是六十年代的事。造化弄人，張先生大概一直是負疚在心。據說，他一直都盡可能轉託別人代寄生活費回國，但是錢銀多少總補償不了心底的虧欠失落。

八十年代，張先生的小兒子張雅禮來美國念書。他們父子倆是頭一次見面，張先生內心是萬二分的著急，這萬二分都露在臉上。我看到張先生心情如此緊張，有點擔心他開車的安全。於是我自告奮勇，開著破車帶張先生上飛機場。在候機室中等了許久，終於在人群中看到一位高高大大的年輕小夥子走過來。這是我第一次見到雅禮。雅禮上前叫了一聲爸爸，張先生不吭氣，也不接碴。我連忙從旁上前自我介紹，才說了一句「我是張洪年……」，張先生接著就對雅禮說：「這是你大哥。」頓時大家都呆了一下，我想雅禮心裡一定納悶，怎麼跑出一個也是姓張的人，會是他大哥！我生怕發生誤會，匆忙解釋說：「我是張先生的學生，陪張先生開車來接飛機。」張先生當時說的話似乎是有點不知所謂、不近人情，但想深一層，也不難明白。他心裡其實是過於激動，這錯綜的父子情意結，該如何表達？但男兒有淚不輕顯露，這幾句遁詞，就及時開脫他感到的尷尬和不安。2010年代，張先生的大兒子述宇一家來美探親，父子三人終於在大洋此岸團聚。有一個晚上，我在柏克萊城裡一個洋飯館安排晚宴，歡迎述宇和他妻子、兒女和小孫女兒。長條大桌，白桌布、銀器刀叉，雖然是各人點自己的食物，但是父子祖孫四代，同桌共飲食，大人的笑語、小孩的笑聲，這也許是張先生感到最欣慰的一刻。

張先生曾經說過，一個讀書人可以在書卷中得到許多知識上的回饋，從研究上克服許多意想不到的挑戰；但是他付出的代價往往是漫漫的長夜、孤獨而空虛的歲月。他沒想到，他在這漫長的路途上，終於找到一位志同道合的伴侶，在語言學這塊土地上以筆耕耘。Betty Shefts是他早年在耶魯念書時的同學，她研究梵文，和張先生專業相近，和張先生同年得到博士學位。據說他倆早年在西雅圖共事的時候，有一次，張先生坐在車上，有慨而言：「我生病的時候，誰會來照顧我？」Betty一笑答道：「I will!」一言為盟誓，終身不渝。他倆婚後從西雅圖南來柏克萊，共同研究漢藏語，共同發表論著。在聯名發表的文章上，排名次序按各人參與分量多少而定。有人問道，要是兩人的分量各自五十，一半對一半，那又當如何處理？張先生頓了一下，然後煞有介事般的笑道：「我年長，序齒排列。」

張先生年長十歲，處處都悉心照顧師母，事無大小，都是張先生處理。不過師母心細，文件賬目，歸她一手記錄，條目分明。張先生白天上學，師母在家主持中餽。師母嫻靜，家裡總是收拾得一塵不染。晚上兩人燈前共同讀書，無線電播放著輕輕的古典樂章，紙上沙沙作響，是兩人在寫文章，偶爾抬頭相問答，都是討論學術上的問題。張先生家一進門對著的是一幅長條元人行草，四壁書架，全是語言學論著。客廳左側擱著一個小几，上放著一本一尺多厚的大字典，師母有時會走到字典前查閱。那個年代，沒有互聯網，只有往書架上的書或者小几上的大字典找資料，逐頁翻查。

張先生愛護師母甚於自己，但日常生活中總看不到他對師母有什麼特別關心照顧的細小動作。七十年代，他們倆每個週末從山上步行下來，到市中心買一份《紐約時報》，或者在附近的小館子，吃個沙拉、喝杯咖啡，接著又安步當車回家。兩三個小時的步行，一個在前，一個在後，兩心相連，又何須執子之手？老夫老妻，五十年的情義，盡在不言中。

師母原籍猶太，但飲食方面，入鄉隨俗，自從婚後，豬肉等一總食物均無忌諱。她也學燒中國小菜，據說她按食譜烹飪，一板一眼。書上說青蔥切成一吋長短，她就取出量尺，每一吋就切一刀；書上說食鹽一小勺，她就小心把鹽倒在小勺上，再用手指輕輕抹平，不多不少，剛好一勺。反正書上怎麼說，她就如法炮製，做出來的菜，也可真可口。不過她不太燒中國菜，倒是張先生下廚，看家本領，頗有幾道拿手好菜。有一年，我母親和我妹妹剛來美國，張先生盛情邀請我們家宴，親自下廚，我還記得有一道獅子頭，火候正好。母親說想不到這樣的大學者，還有這樣的廚藝。

從六十年代到千禧年代，我一直跟著張先生學習工作。我常說，我有的一切都是張先生教給我的。其實我們生活上的許多細節都是跟隨張先生家的做法，從銀行戶頭、到健康保險等等，都是張規張隨。我們家裡許多用品物件，都是張先生倆送給我們的。廚房裡的電冰箱、Cuisinart電動攪拌器、院子裡的種植工具、十大本的植物參考書、客廳書架上許多大部頭的參考書，新的舊的都是他們的厚贈。我剛開始工作，張先生還帶我上Brooks Brothers去選購適當的衣服，不過我總是不太習慣西裝領帶那種典型的打扮。吃的方面，張先生愛吃，是有名的老饕，我們更是常跟著老師上不同的館子。後來幾年，張先生年紀大了，決定不再開車，就輪到我們開車帶著二老，在灣區遍嘗中外各式美食。

我2000年從加州大學退休，遠赴香港工作。當時最放心不下的是張先生兩老。我跟張先生說十年為期。張先生就回過頭來，對師母再三的說道：「Sam只去十年！」這一去十年，先生和師母都垂垂老矣。我們每年夏天回來看張先生他們，兩老的身子顯然是一天一天差下來了。前後大小手術病痛，我們有的時候還能趕著飛回來探望，但大半時候都只能在電話上問候。2010年我遽然從香港的工作引退下來，別人都覺得很奇怪。十年為期，盟約不能悔，這是張先生的教誨。

張先生久病，我們都知道他努力支撐，為的就是不想扔下眼前人先走一步。張先生彌留之際，我在他耳畔細細的說：「張先生您放心吧，我們一定會好好的照顧師母。」師母半撐著身子，半俯在病床上，深深一吻。緣定三生，豈大限可以一刀切斷？我深信他們總有再見的一日。

張先生1917年出生，到2017年11月就是百歲人瑞，我們都在期望那一日的到來。1977年張先生六十大壽那天，我們這些學生就為老師辦了一個小型的花甲晚宴，那天的賀卡還是我挑選和寫上的賀詞。從那年開始，每年11月，張先生周遭的朋友和學生都跟張先生一起過生日，送上一張生日卡。每一張賀卡，師母都小心保留著。三十九張，厚厚的一疊，是我們的記憶，也是我們的感恩。我們能陪張先生過三十九個生日，那是多大的福氣。11月的百歲壽宴，就差那麼幾個月⋯⋯

張先生家座落在柏克萊山上，庭院深深，鋪滿灰白色的小石子。兩旁蒼松高聳，桃李迎門，前院茶花，後院杜鵑，別有幽趣。尤其是三月間，天氣漸漸回暖，兩棵粉色的垂櫻矮樹盛放，一架紫色藤蘿，恍如十丈幔帳。多少年來，我們總是趁著這時節來看張先生。院中一坐，清風徐來，花氣襲人，真是不知人間何世。張先生後來就索性邀我們來院子裡種花，買上許多漏空的鐵絲圓框，填上苔蘚、青泥，栽種各色花草，從一格一格的小孔中吐出，然後掛在簷前櫟下，雖不是奼紫嫣紅，但小膏葵襯著綠葉，欣欣向榮。一天的努力，總也教人看得心滿意足。我們是什麼時候停止這樣的園藝工作，我已經想不起來。但是舊框子、老花盆，至今還堆在院子一角。後來幾年我們總是隔兩三個星期去看張先生一次。原先還能一起開車上館子吃中飯，後來先生行動不便，就改在家裡吃從館子買來的餃子。院子中四季的景象，也只有從窗戶中略窺大概。

2017年3月天氣反常，有時候風雨交加，我們也有一段時間沒去看張先生。3月29日星期三，我給師母打電話，說星期五上來看他們。師母說星期五不便，於是我們就提前一天一聚。師母說家裡會準備炸醬麵，我們只要帶來一些黃瓜就行。我們知道師母他們愛吃甜點，所以星期四一大早就去附近一家蛋糕餅店，買了幾件精緻的小蛋糕一起帶上來。張先生坐著輪椅，從電動樓梯下樓來，圍桌而坐，不太說話。他望著桌上的餃子，顫顫抖抖地拿起筷子往餃子盆中伸。張先生想吃，那是好現象。我們幫著一口一口的餵餃子、餵蛋糕。有這樣的食量，我們都說張先生準能活到一百零一歲。沒想到當天晚上就發生中風送院，一直昏迷不醒，星期一上午在家溘然長逝。原來小聚是一個湊巧的安排，但這偶然卻是上天讓我能在先生走前見上最後一面，同桌共食，是何等幸運！

張先生遺體搬離屋子的時候，師母直送到門口，說了一聲「See you later」。花落人未亡，人去樓不空，這裡想念張先生的人多著呢。回想每年3月，柏城春雨凍，我們還會照常來先生家，陪師母栽花蒔草，翻看舊照。相中人一副眼鏡，一條圍脖，依然是雄姿勃勃，英氣凜然。

張先生年輕時，雄姿俊朗，體健身強。在大學教書的時候，許多人都以為他是體育老師。張先生雙手是硃砂掌，掌色紅潤，掌心厚實。張先生說小時候，算命先生說他一聲吆喝，手下可帶十萬雄兵。可惜張先生卻棄武從文，只在學問上下功夫，並沒有機會展現他的雄才偉略；但是他手下卻有十萬文字，揮灑自如，南北古今聲韻，運籌在握。張先生一手鋼筆字，筆走龍蛇，胸中磊落，紙上風神。我沒看過張先生的毛筆字，不過就他的鋼筆墨水書寫，當今學者中也很少能有這等鐵畫銀鈎的功力。

師母的記性異常，一般小事，她都記憶無訛。我們有的時候上一個小館子吃飯，她會清清楚楚說出，我們上一次是多少年前來過，當時點的是什麼菜式，她都能說得出名堂。相處日久，我們都知道她什麼文件、書信、照片，都整整齊齊地歸檔歸案，要用的話，她可以馬上到哪個櫃子、拉出哪個抽屜、取出哪個文件夾子、翻到哪一頁，找到要找的東西。她視力遠比常人好，八九十歲的老太太，再小的字，不用戴上眼鏡就能在燈下一一看得清楚。我們認識他們五十年，從來沒看見過她戴眼鏡。她是老派的美國人，衣著大方，談吐文雅，學問大、見識廣，可是從來不在人前炫耀自己學識。平常都是一條及膝的短裙，一件毛衣，外出總是挽著一個pocketbook，包裡總備有手帕——這個年頭，用手帕的人已經不多見。她從前喜歡米色的衣著，年老以後，轉愛粉色。我們每年外遊，給他們買禮物，總是買她喜歡的米色開司米毛衣，或者帶粉色細花的手帕。

前幾年，張先生身體不適，先是中風入院，後轉療養院。我每天開車帶師母上療養院探望。有時候到了療養院，看見張先生已經坐在食堂的飯桌前，慢慢用餐。雖然行動很慢，但是食慾並不受影響，所以我們都知道張先生一定能康復。説起張先生愛吃，值得一提的是，他年青的時候，能煙能酒，可是很早就把抽煙戒掉。喝酒也只是偶爾一杯，傍晚的時候，夫妻倆會坐在沙發談天，喝一小杯的飯後甜酒。我們晚上去看張先生，他總給我們來一份liqueur，我和李曉茵都嫌過於濃烈香甜，是老師遞給我們，也只能擱在唇邊，微微的抿一小口。張先生吃飯嗜鹹，師母愛淡，所以張先生常常自己給自己做飯。後來因為血壓問題，大夫叮囑不能吃鹽，張先生很聽話，做飯就不用鹽。沒鹽不鹹，吃而無味，張先生很聰明，改用醬油。血壓不降，大夫再吩咐，醬油也當嚴禁。沒想到，上有張良計，下有張琨籌。張先生換了以蠔油調味，換湯不換藥，所以一直沒克服血壓的大病。其實師母也有自己的飲食偏好，她不愛鹹，偏愛甜，晚飯以後，一定少不了甜點。美國人的蛋糕甜食，忒甜！可是她吃得十分過癮。不過，她後來也很有節制，甜食少用。有一段時間，她什麼都不吃，每天三頓都是cottage cheese酸牛奶的乳酪。超市一盒盒的cottage cheese，雖然品牌多樣，卡路里低、蛋白質高，但打開一看，一坨一坨，滑不溜溜，酸不溜丢，我實在無法明白師母怎麼每天以此為食？不過現在年紀大了，我們也開始愛吃這種健康食品，不過我們一定會放點不同的水果調味，口感頗不一樣。師母還有一樣偏愛的零食，就是巧克力。我們都知道她用的pocketbook裡層、她穿的裙子口袋裡，都擱著一顆一顆的巧克力，閒來無事，剝開包紙，輕輕往嘴裡一送，喜色欣然。

師母性格溫和，待人以誠。她雖然是美國人，處世待人，有時比中國人還要中國。她在人前不太說話，事事都跟著張先生，像似亦步亦趨。其實她對事情頗有自己的看法，但是在一般場合，她並不會固執己見；話不投機，她就找個藉口，抽身離去。她從研究院念書開始，一直是以張先生為伴侶，她也深深明白到張先生過往的家庭和婚姻，但是她願意接受、並承擔這樣的責任。早年他們盡量匯錢回國，後來中美恢復交往，他們接雅禮來美念書，這背後有很多的事都是師母在安排。師母非常體諒雅禮的情形，他當初申請來美，一切的文件都是師母處理，而且開始和雅禮以英文通信，幫助他提高書寫英文的能力。張先生也竭力安排他先在三藩市上學，接著再上東部讀博士。為了上學的費用，張先生本來打算六十五歲退休的計劃，就只得往後延退，教書一直教到七十多歲才功成身退。述宇和他的兒女來灣區探親，許多時候都是師母在安排飛機票來回、旅館住宿等等，花費有時十分龐大。張先生倆年老就靠退休金養活，據說有人認為兒孫自有兒孫福，各人都有工作，又何必兩老負擔一切？師母一口拒絕說：「請別忘了他們是張琨的兒孫，我們怎能不管？」下一代雖非己出，但是照顧的責任，一直掛在在心頭。兩老故去以後，遺產大部分都交由述宇、雅禮承繼。

張先生最後幾年，體力衰退，行動不便，師母自己也體弱力虧，決定找人來家照顧。張先生他們運氣好，找到一位從北京來、隻身移民住在美國的太太，願意接受這份工作，所謂24/7全天候照顧。這位太太叫鄒穎，十分能幹，家裡一切洗刷烹煮一腳踢，屋子上下打掃，園子裡外種植，陪出扶進，全權包辦，閒來還給兩老打毛衣，照顧得無微不至。張先生兩老得到照顧，身體也就精神許多。我們有時一起出去吃館子，一上他們家，鄒穎就大聲喊道：「老爺子，張洪年他們倆來看你嘍。」張先生坐著輪椅出來，上車下車，都是鄒穎攙扶。張先生有病，身子很重，攙扶起來並不簡單。有一次鄒穎不在，我扶著張先生上車，使力一不對勁，結果兩個人雙雙倒在座椅上。鄒穎說：「張洪年，你要使巧勁才行。」什麼是巧勁，我始終都不明白。

張先生故去以後，就是鄒穎陪著師母，情同母女，相依為命。鄒穎不太會說英文，師母懂中文，但不常說，可是兩個人溝通完全沒有問題。鄒穎常會開個小玩笑，逗師母高興。鄒穎喜歡貓，後來就養了一隻十分害羞的花貓，一聽見人聲，就竄一下躲在被窩底下。師母本來不喜歡寵物，日子久了，也就愛上花貓，花貓也會團在師母跟前撒嬌。

2017年秋天，我要去香港開會，就先向師母請假，我們在香港期間總抽空電話問安。有一天突然接到朋友來郵說，師母身子不好，但是她不太願意上醫院看病。我當時聽到就感覺到有點不太對勁，接著就每天電話聯絡，力勸師母趕緊去看大夫，這一天晚上，她終於答應明天就上醫院求診。誰知道第二天就接到電話，說師母已經在醫院故去。怎麼可能？事出太突然，我茫然若失，簡直反應不過來。人在三千里外，感到的是無可奈何的愕然、啞然、淒然。我們想馬上改飛機票回美，朋友說師母既然已經走了，回來又有什麼用？人去燈熄，昔日情懷，都只成追憶。後來朋友告訴一些當天事發的細節，原來上醫院的時候，師母還好好的，而且還跟醫生聊起從前上耶魯讀書的事。醫生看看無事，就走出病房，誰知道看護接著就趕緊跑出來說「Mrs. Chang is gone」，也許是心臟動脈瘤(aneurysm)破裂，來得突然。也許正因為來得突然，師母臨終並沒有感到什麼痛苦，而且是在談笑之間，突然撒手而去。有人說，亡者如此平安而去，存者當亦可告慰。但正因為是走得過於突然，我們無法見到最後一面，人生遺憾，亦何甚於此。

張先生走了，是我幫著師母安排後事，火葬當天，親朋先在殯儀館向先生獻花告別。骨灰盛在小瓷罈中，師母一直供在客廳書架上，旁邊擱著張先生的遺照，師母晨昏經過，相伴片刻，細聲言語一二。如今師母已去，鄒穎也離開張家，重門深鎖，物是人非。我們從香港回到柏城，師母的骨灰和張先生的骨灰據說都已經運去洛杉磯的墳地安葬。張先生師母的遺物中，有一口青花大甕，說是特別留給我們——張先生知道我喜愛藍白古瓷。我原先想把張先生和張師母的骨灰都放在青花甕中，一起埋在土裡，你我生死永不離。後來我們去到洛杉磯找到墳地的時候，青草坪上，已經是兩墳相鄰，左右兩面銅牌，上鐫著兩老大名，晨昏相依傍，青塚共比鄰。

兩老遺囑中，讓我處理他們的中文藏書。浩帙繁卷，我先一大盒一大箱的搬回來，擱在車間，一直不敢、也不想打開。老師幾十年的珍藏書冊，每一頁都可能翻到老師的手跡，一箱箱的文稿，都是回憶。時隔很久，我才強迫自己，坐在車間地上，一盒一盒的打開，分門別類，整理出幾個大類別：這是有關藏文的書和材料，這是苗瑤語，這是漢語古音韻，這是漢方言……。我自己書架上已經是成千上萬的書，每一格早已分成前後兩排，實在無法再騰出空間，把張先生的書全部留下。所以我就把張先生自己的語料調查、漢藏苗瑤的文章，擇其重要的，裝成一小皮箱，帶回台灣送中研院保存。另外好些藏語言文化的書，轉送一位北大學人，苗瑤語著作轉送國內專家。我自己另外也保留了一些，作為紀念。有的時候，趁著未盡是昏黃的時刻，我會找出張先生的舊文章，才翻了幾頁，腦子裡想到的又是從前上課聽講的總總……

張先生的房子後來出售，出售前舉行estate sale，我和曉茵趕去看看，滿屋子都是似曾相識的舊物，物猶在，記憶未曾模糊。我們挑了幾樣喜歡的買下，包括幾隻青花碟子、一大盆的盆栽石榴、和一件鄒穎給師母手打的毛衣。毛衣本來是想買來送給鄒穎，讓她留作紀念，但是她人已經暫時搬往他州，不打算多添行李，於是曉茵也就留下，衣不如舊，天氣轉涼，往身上一穿，別是一種溫暖的感受。我們把石榴種在後院，春日料峭，我們坐在院子裡，青花碟子盛著糕餅，一邊吃，一邊看著嫩枝綠葉吐出一朵朵細瓣的石榴紅花。春意盎然，心底裡不自覺的就想到張先生家的院子，垂櫻紫藤，我們一起摶泥栽花的種種景象。一眨眼，那已經是多少年了？

張先生的故居早已易手轉賣，最近又再上市。Open house開放的那天中午，我們特別跑去看看。房子雖在，但庭院已經不復依舊。垂櫻不在，紫藤只剩下少許。屋子裡重新翻修，大概是名家設計，確實是煥然一新，顯得特別光亮，寬敞許多。書架猶在，陳列的是各種小品裝飾，書香蕩然無存。我們在屋子裡逗留很久，追尋舊日的蹤影，出來的時候，門前少立，感到的是無名的唏噓和感慨。

張先生是一代學人，畢生致力於著述教學，碩果纍纍。他和師母結褵五十年，兩個來自不同文化背景的學者，從耶魯到柏克萊的遷移，從藏語到漢語的探索，心同一念，形影不離。張先生早年離家去國，戰事遺禍，殃及多少離亂家庭。幾十年來，師母一直陪伴在側，深深體會到張先生的感觸，也盡量以一己之能幫著張先生彌補這些遺憾。故國神遊，柏城日落，前人多少辛酸，紅塵往事，如今何所在，俱已化作雲煙。張先生一生有師母相陪伴，夫復何求。張先生離去前，師母一言應允「See you later」，果不然，張先生先走一步，師母半年後，也接著離去，享年九十。

柏城春雨凍　長河曉星沉
不復門前立　悠悠入夢深

本文初稿見於《傳記文學》，
第112卷，第4期（2018），頁72–78。

作者夫婦與張琨老師師母

張琨先生夫婦（前左一、二）、丁邦新先生夫婦（後右一、前右一）、
李林德（前右二）與作者夫婦合影

2016年，慶祝張琨先生九十九大壽

張琨先生墓，位於加州洛杉磯

風流人物　還看今朝

記王士元先生 (1933–)

我上大學的時候，在中文系學中國文字聲韻，在英文系讀語言理論。兩種學科互為表裡，也就奠定我後來在語言學方面繼續研究的基本功。當時是二十世紀六十年代，語言學理論還是以所謂的結構派（Structuralism）為主，從結構角度來分析語言組合的各種層面。我上研究院的時候，正是循著趙元任先生的路子來研究粵語，趙先生的《中國話的文法》是結構派的扛鼎巨作。不過就在這個年代，語法研究也開始朝著一個新方向發展，改弦易張，從語言深層來看語言表面的結構和變化，這個新理論也就是所謂的轉換語法（Transformational Grammar）。上大學的時候，雖然老師也略略介紹這新理論，但語焉不詳，未能真正領會到新理論究竟是怎麼的一套學問。等來到柏克萊選修語言學系的課程，第一門念的課就是轉換語法，這才慢慢有系統地認識所謂轉換語法或滋生語法實際操作的過程和背後的涵義。果其然，從前語法只是描述語言的表層現象，轉換語法換一個角度探討語言，從深層結構切入，解釋表層現象所以然的原因。我當時感到十分興奮，但是語言學系開的課主要都是討論英語；到底這套語法是否可以加諸漢語，也同樣發揮描述和解釋的功能，我感到好奇，也有點迷惘。

其實我在香港上學的時候已經看到一篇用新理論分析漢語的文章，作者是柏克萊加州大學的王士元教授。所以我能來到柏克萊上學，實在是如入寶山，豈能空手而回？我選了好些王先生教的課，討論語音、語法，雖然重點仍然在英語，但他有時候也運用漢語做例證，說明某些語言變化其實是跨語言的現象。他的講授讓我把視線放在一個更大的語言世界來觀察，讓我更感覺到語言研究的多元性。他山之石，可以攻玉，誠然。有一年，王先生還專門開課討論中國音韻。他解釋語言現象，討論語言變化的特質，有條不紊，一點一點地交代，一點一點地帶起學生的興趣。我是中文系出身，課上討論的題目，我大體都略知一二，但是因為這些課是開給非漢語專業的同學學習，王先生深入淺出，解釋每一個現象變化的軌跡和原因，讓我重新複習我已經學過的東西，從一個新角度切入探討，領會更多也更扎實。

上王先生的課，不但是長學問，刺激自己的思考能力，而且坐在教室裡的九十分鐘，聽王先生教課，那種聽覺上的感受，簡直是一種享受。此話怎講？我還記得，班上有一個高個子的洋學生舉手，要求老師把剛才的解釋重複再講一遍。王先生笑瞇瞇地問道：「你有什麼地方聽不明白嗎？」這個大男生也笑瞇瞇地回答說：「老師您所說的，我全都明白，但是您講得實在太漂亮了，我很想再聽一遍。」這一種反應，由衷的讚許和欽佩，我相信班上每一個學生都有同感。我當時很想拍手附和。

王先生的口才，是我認識的教授中最出色的一位。無論是在課堂裡，還是在會議講壇上，他說話都是簡潔清爽，一句就是一句，沒有多餘的字眼，也沒有說不清楚的地方。他聲音低沉而帶有磁性，吐字不快不慢，字句配搭之間都好像有自己的節拍。該停頓的地方，他就略停一下，好讓聽者思考消化；該繼續的時候，他雙眸一轉，馬上言歸正傳，再續先前的討論。王先生最了不起的一點是，別人發言或會上有人提問，話語有時會囉嗦一大片，說個不完，也說不清楚，坐在底下的人都不太知道所問的重點何在，王先生就有這個能力，他可以把別人說的長篇大論，只用三言兩語做總結，問題的重點和脈絡，就豁然分明。然後他再用簡單的幾句話，扼要地回答提問，底下坐的人頻頻點頭，聽了怎能不心服口服？我還記得，我們當年上王先生的課，有時候要做口頭報告。我們手裡拿著講稿，說話結結巴巴，聲音越來越小，但怎麼說都說不到要點。這時只有望著王先生，希望他能開口搭救。等到王先生作評的時候，他金口一開，一語就點中要害，整個論述裡有什麼不妥當的地方，他都能一一指出。當然，要是文章有什麼好的地方，王先生也會美言幾句，我們也就沾沾自喜。

王先生在上海出生，在美國上學，一直是雙語全才。他說的英語，完全是地地道道的美式英語，我認識的美國同學都以為他是土生土長的美國華裔。他說話的時候，遣詞用句，都是學者的語言，典雅得體。但是話語之間，從來不會讓人感覺到他在刻意顯示自己的學問或地位。他寫的文章，更見文字功力。大塊文章，抽絲剝繭地分析問題，闡釋深層的理論涵義，讀起來一句接一句，一段轉一段，流水行文，似乎是毫不費力；但仔細拜讀之下，每一個句子都是幾經思考才寫在筆下，一字千鈞，不是等閒的寫作。我沒讀過王先生用中文寫的文章，但是我們日常談話，都是中文對答。王先生一口標準的國語，也是一樣的典雅漂亮。我記得有一次王先生曾經提過，他們家裡養了一條大狗，只會聽中文。顯然，王先生一直未忘自己的母語。他有一次生病臥床，早上醒來，一說話，荒腔走板，完全是中文口音，他自己也覺得很奇怪。古人說：「莊舃顯而越吟。」莊生原是越地之人，在楚國做大官，病中思鄉，仍然說越國的方言。古今中外同一道理，母語就是母語。

王先生學問很大，自成一家。我們知道的中國語言學家，大都是上有師承，衣缽相傳，然後再另闢蹊徑，自成一家之言。王先生的背景可不一樣。據說他五十年代上哥倫比亞大學念書，並沒有專修哪一系，而是從不同的課程中選修自己有興趣的科目。他念了人類學的課，讀了電機系的課，當然也在語言學上課。一開始就墊下跨學科的研究路子，涉獵各種學術的探討，視野開闊，看問題就不會故步自封，把自己拘限在某一個小圈子中。他在哥倫比亞讀學士，在密歇根念碩士，在MIT讀博士，念的是語言學，研究的範疇從語音分析、到機器翻譯、到語句分析，在各大學報發表多篇重要文章，年猶未立，在學術界已享大名。他先後在密歇根和俄亥俄大學執教，當時加州大學的趙元任先生非常賞識王先生的學問，很希望他能來柏克萊執教。1965年，他應柏克萊加州大學之聘，出任語言學系正教授一席，時年僅32歲。

六十年代正是轉換語法起步還沒多久的年代，運用這套新理論架構來分析漢語的學者，鳳毛麟角，十分罕見。王先生正是這新生代的先驅者。我這裡且舉一個例子說明王先生對語言觀察入微，能看到別人看不到的細節，而給予一種獨特的分析。我們都知道，漢語裡動詞不分現在、過去，沒有表時態(tense)的標誌。但是漢語卻有不同的體貌(aspect)標誌，說明這動作是在進行中的狀態、還是已經完成等等。例如「我吃了飯」，就表示吃的動作已經完成，所以「了」就是表完成體貌的標誌。「我吃了飯」的否定句是「我沒(有)吃飯」，句子有否定詞「沒有」，但是表完成的「了」卻突然消失，否定句中的完成貌是靠什麼來表示？早期的語法分析就只能描述到此，到底這「動詞＋了」和「沒有＋動詞」有什麼關係，無法交代。王先生就這個現象，匠心獨運，提出一個嶄新的看法。他認為漢語裡有兩個表完成的體貌標誌，一個是「了」，一個是「有」，兩者互補，不能一起出現。肯定句是「吃＋了」，否定句是「沒有＋吃」。但是「了」和「有」之間的語法關係，可以從問句中看得出端倪。漢語的疑問句句式很簡單，就是把「肯定＋否定」放在一起，語法書上一般就稱為正反問。表完成體貌的正反問句式有兩種：

(1) 你吃了飯沒有？　[動－了＋沒有]

(2) 你有沒有吃飯？　[有＋沒有－動]

第二式正是靠「有」來標誌完成。不過，老北京聽在耳中，總覺得在兩種問句中，第二式的「有沒有吃」萬萬不能接受，要說只能說「吃了沒有」。不過王先生曾經說過這樣的一個故事：他當年和李方桂先生討論這個問題的時候，李先生說的是老派京腔，堅持說不能接受第二式。話猶未了，李師母恰恰經過，問道：「你有沒有吃飯？」李師母說的更是京腔京調，這可不就是第二式嗎？王先生暗暗偷笑，顯然北方話也確實能這樣說。王先生認為「吃了沒有」是最普通的說法，但是「有沒有吃」這樣的變體也出現在北京人的口語中，只是不覺察而已。王先生把這種觀察寫在一篇文章裡，進行了很詳盡的分析，1965年發表，題目就是"Two Aspect Markers in Mandarin Chinese"。其實在南方話裡，除了兩種問句句式都可以接受以外，連「我有吃」也能獨立成句，與北方話大不相同。語言變化多端，王先生試從一個新的角度來探索、從另一個結構層面來分析句子之間的語法轉換和滋生，把一些不太能解釋的語法變化，給予一個合理的解釋。王先生但開風氣，後來並不致力研究語法，但語法研究從此開闢出一條新的發展方向，後來者接踵而至，蔚然成風。

王先生的論述也讓我們知道，語言的變化因人而異，接受程度有的人快，有的比較慢。有的方言早已成形，有的方言還正在起步的階段。這種變化放在一個歷時的架構來看，異常有趣，但也十分複雜。這個從歷時架構來看語言變化，也讓王先生在語音研究上有更大突破。前人研究語音變化，比如從一個a聲音轉變成一個o聲音，只著眼在音質上的突變。但是從變化的過程上來看，這個語言中所有帶a的詞，是否都在一夜之間全盤變作o？王先生從語言實例中發現，這個變化過程絕不是遽變這樣簡單；音變是先從少數的幾個單字單詞開始，而後慢慢地擴展到整個語言。這也就是說，音變呈現的是一個詞彙擴散的現象。王先生利用電腦來統計漢語十七個方言，發現音變往往呈現一些很有趣的特別現象，教人深思。有的方言整個音變已經是變化完成，有的語言還卻沒有開始，也有的語言正處在進行變化的過程中，所以有一部分的詞彙已經變化完成，有一部分還沒有開始，更有一些詞彙兼有兩種讀法。這也就是說音變是循著詞彙擴散的途徑發展，在這擴散的過程中，有的詞彙卻徘徊於已變和未變之間，同一個字可以有兩種讀法。這種一詞兩讀的例子，不勝枚舉。王先生認為研究語言的學者，先得找出音變的緣由，再細究音變的方向，從而觀察這音變在語言中擴散的層面和快慢。

詞彙擴散的理論一經提出，在學界另豎旗幟，研究語言的變化可以循著這新路子探索，從而得出一個比較全面的描述。其實，這個理論不只適用於語音的描述，語法變化又何嘗不然？從歷時的角度來考察，變化可能在開始的時候只發生在某幾個詞身上，假以時日，擴散面越廣，受到影響的詞彙越多。有的變化，原體和變體共存，相互競爭。有的原體保留下來，殘留在語言中；有的變化，因人也漸漸擴散，年長的和年輕的人說的雖是同一個語言，但是用詞、發音、語法往往都可能有所差異。我們當年上王先生的課，自己的研究也深受詞彙擴散這理論影響。許多語言現象，驟看之下，變化多端，難以找到一個合適的解釋。但是一放到擴散的架構中來觀察，眼前一亮，似乎雜亂無章的變化，也就可以慢慢理出頭緒，變化的軌跡也就在眾多的例子中呈現出來。

王先生在柏克萊教課，還帶著一些研究生課餘開班研討問題。當時，王先生在校園的東北邊有一座小樓，成立一個研究中心，就叫Project on Linguistics Analysis，簡稱POLA。中心常有外訪學人前來參加討論，老中青學人，薈萃一堂，各位參與者輪流做報告，大家相互討論，最後總由王先生作結。王先生看家本領，短短的幾分鐘，就能把報告和討論的重點綜合成篇，最後再畫龍點睛，添上自己的看法。我們後生小子，一兩個小時下來，腦子裡載滿了許多新知識、新想法。我不是語言學系的學生，但也曾在會上發表短文，會前戰戰兢兢地準備，會後細心地按各人評點而修改文章。POLA定期出版非正式的學術刊物，叫*Monthly Internal Memorandum*，簡稱MIM。我也在MIM上發表幾篇文章，這是我來美上學以後，第一次用英文發表文章。今天回頭再看當日的寫作，雖然偶有一些看法，總體卻是乏善足陳。但是對一個剛起步的外來研究生來說，這樣的寫作和發表，起了很大的鼓舞作用。

說實話，我雖然不是語言學系的學生，但是我常在語言學系選課，和語言學系的同學常常往來切磋。有一天，應該是我上研究院的第二年吧，王先生讓我到他辦公室談話。老師傳召，我心中自然有點忐忑緊張，該有什麼問題吧？我到了辦公室才坐下，王先生就跟我說：「Sam，你可願意轉來語言學系讀博士嗎？」我一聽頓時呆住，不知道該怎麼回答。轉系專攻語言學，多上理論的課，跟王先生念書，這是再好不過的事。可是這是我從來沒想過的選擇，腦子裡一片模糊，嘴裡更是結結巴巴，說不出話來。王先生看見我的樣子，很體諒地說：「你回去仔細的考慮考慮。」他接著又叮上一句說：「你要轉系，我們可以馬上辦理。名額有限，不能太拖延。」我當天晚上，一夜沒睡，思前想後，總是不能做一個決定。我是天秤星座的人，左秤右稱，轉與不轉之間，總難以抉擇。接著兩天，我試從各種角度來衡量轉與不轉的輕重——我當初為什麼要來柏克萊上學？我自己的興趣到底在哪一方面？我將來想走的是一條什麼樣的學術路子？想深了，朦朧中也漸漸看到一點亮光，漸漸明白自己心底追求的是什麼。第三天，我一大早去到王先生的辦公室，告訴王先生，我決定不轉。王先生有點詫然。「為什麼？」他問。我說：「我自己興趣既在語言，也在文學。留在東語系可以兩者兼顧，要是轉到語言學系，就得放棄文學方面的研究。」王先生點了點頭，微微的一笑。他說：「Sam，我明白你的意思。我自己很喜歡音樂，也很喜歡語言學，但是在兩者之中，我選的是語言學，但是我從來沒放棄過我在音樂方面的興趣。我希望你也不要放棄你在語言學方面的興趣。」我從王先生辦公室走出來，矛盾既去，心底一片輕鬆。但是王先生的那幾句話，我一直記在心頭。幾十年後，我回想當時的情境，我還是覺得我的決定是對的；但是王先生對我的照顧和勸勉，我心裡感到的興奮和多謝，至今猶未忘記。我在東語系幾年，未嘗放棄語言學，考博士甄別口試的時候，考官四位老師，王先生是當然的老師人選。整整一個學期，我特別跟王先生個別上課，準備考試，把從前上課學的和自己感興趣的課題，重新溫習，整理自己的思路，反復練習，三小時的考試，總算順利通過。

我還記得在跟王先生上「個別導修」的課上，我無論怎麼準備，王先生提出問題，無論我怎麼詳細地回答，王先生總會把談話一轉，突然提出一個我從來沒想過的現象。他問我：「按你的說法，這個現象你應該如何處理？」我會頓時呆住，腦子裡趕緊在轉，思考怎麼處理這個現象。這種突發性的刺激，是一個始想不及的挑戰，對我實在很有啟發，看問題不能只按一個路子去尋求答案。一個看似簡單的問題，旁支別緒，總牽涉許多別的現象，而這些別的現象正是可以給我們提供新的線索，找尋一個比較更合理、更全面性的新解釋。

事隔多年，我已經工作很久，但是每一次看到王先生，無論談起什麼問題，哪怕是生活上的小事，他總是會在談話之間，像是在無意中帶出一個問題，我還是一樣地呆住，直接的反應是：對，我怎麼沒想過這個可能？舉一個例子說吧，我們九十年代都在香港工作，那時我已經五十多歲，身體一直不太好，大夫建議我多游泳、多鍛煉。我是書呆子一名，出水不會跳，入水不能游，於是找了一位游泳教練，每星期上課。幾個月下來，我終於可以在游泳池裡，踢腿划掌，來回優遊地游個幾十米。這一天，我和王先生約了吃午飯，拉雜閒談，不知道怎麼個會談到運動。我特別興高采烈地報告給王先生知道，我已經學會游泳。王先生問：「你學的是哪一種游泳式？」我說是自由式。他說：「你怎麼個游法？」我就在食堂裡擺個姿勢，雙手搖擺，別轉頭來呼吸。王先生說：「你好像頭只是往右轉？怎麼不也向左擰呢？」我望著王先生，窒息了一下，無言以對。對啊，怎麼不向左擰？教練沒教過，這是我想到唯一的回答。多年以後，我勉強學會左右擰脖子，但是游泳卻越來越慢。這顯然不是游泳的姿態有問題，只是身體老化的必然結果。

王先生這種即興式提問，對我影響很大。他隨便問一個問題，我也許可以馬上即興式的回答。但是，王先生總是會接著再問：「為什麼？」一個為什麼接著一個為什麼，一個怎麼樣接著一個怎麼樣，幾個為什麼、怎麼樣之後，我無法招擋。老師面前，回答不出，也不是什麼丟臉的事。但是他這一連串的問題，一方面是表示他對問題的好奇，尋根究底，正代表他做學問的研究精神。另一方面，他這些問題，會啟發我自己對問題有一種重新的探索，讓我想到好些我一直以為然的問題，其實只是我自己的囿見，或者只是看問題的一些盲點。好些年前，有一次，我坐在王先生的車裡，王先生開車，我們拉雜談天。王先生突然問我：「小孩玩的遊戲，有一種類似猜拳的遊戲，英文叫rock-paper-scissors，中文怎麼說？」我說：「大概就叫『石頭剪刀布』吧。」他問：「廣東話也這麼說嗎？」我很快地回答說：「我們叫『猜呈沉』。」王先生接著就問：「這是什麼意思？是哪幾個字？」我當時愣住，腦袋一片空白，又是無言以對。粵語是我的本行，怎麼從來沒想過這個問題？我趕緊換個答案說，其實粵語還可以說成「包剪揼」。王先生問：「揼是什麼字？這兩種名稱叫法，聽起來，好像並沒有什麼關係，到底應該怎麼解釋？」這一連串的問題，接二連三，迎面而來，我感到完全沒有招架能力。還好車剛開到要去的地方，我連忙下車，遁詞一句「下次再談吧」。其實，王先生問的問題，都是節骨眼上的要點，我們一直掉以輕心，不去探討。這事我一直積壓在心頭，前後總有四十多年，老是希望有一個機會可以究其所以然。2013年是王先生八十華誕，學界同行都說要出一本賀壽的文集，我就把一些想法寫了一篇文章，叫〈遊戲中的遊戲：粵語怎麼說「石頭、剪子、布」〉，[1] 算是給王先生一個遲來的答覆。我是幾十年前上王先生的課，一日為師，終生受用。

1　載石鋒、彭剛編：《大江東去：王士元教授八十賀壽論文集》（香港：城市大學出版社，2013），頁201–210；文章也見於張洪年：《香港粵語：二百年滄桑探索》（香港：香港中文大學出版社，2021），頁375–386。

我研究院畢業後，留校任教，和王先生同一大學共事二三十年，但是我們不在同一個系，所以不常見面。有時候，王先生會邀我去校園附近的一個中國小館子吃麵。一碗紅燒牛肉麵，一席隨意的談話，大塊牛肉，細心提點，我吃得十分愜意，也十分受用。不過，這好些年來，我也在許多場合看到王先生辦事的魄力和才幹。在教室裡，他是一流的老師，在行政方面，他也是一位指揮若定的統帥。我還在當研究生的年頭，王先生曾擔任一份校外的工作，評審一家由政府資助的訓練班，如何幫助新移民學習英語，提高就業的機會。王先生請了幾個助理參與工作，我是助理的助理。一個夏天下來，整個計劃在王先生的領導下，我看到如何設計、如何部署。我們需要觀課，檢討教材，分析考試的成果，需要查看財政預算和收支，更重要的一點是安排個別訪談，和老師和同學討論課程是否配合他們的需求。最後是撰寫審核報告，詳細說明課程的得失，提出具體的改善建議。夏日炎炎，三個月的時光，我們一個小團隊，忙得不可開交。我是新兵上陣，更是一個外來的留學生，對美國的教育系統、社會服務工作的各方面情形，認識都非常有限。所以對我來說，這一切工作都很新鮮，一切訓練都很扎實。王先生辦事有他的宏觀，想到整個訓練班以後的發展，應該怎麼配合社會的需求、怎麼幫助新移民在一個陌生的社會上立足。在這個宏觀的構想上，他用心很細，對每一個小環節，他都會仔細考慮，反復討論。我後來在大學裡教學幹行政，許多這些基本功，都是在這一個夏天奠下基礎。

王先生辦事，向來是對事不對人。無論學生或同事，他有什麼意見都是直話直說。學生在課堂上表現不好，他會當面批評。學生要求寫推薦信，他會在信上明明白白交代學生的好壞各方面的表現；而且，據說他會在同一封推薦函裡，介紹另外一個學生，因為他覺得這個學生才是理想的人選。辦公室裡的同事知道王先生要求很高，辦事都很細心。系裡同事，不管是哪一級的教授，要是辦事不公，他會直斥其非。據說有一次在系務會議上，他和另一位老師意見相左，爭執不下，結果王先生大動肝火，兩人正面衝突，惡言相對。我這是從別人口中聽來的傳說，不知屬實與否。不過那一位老師後來的表現似乎印證這場口角是非，在許多場合提到和王先生有關的事，他都持負面的意見。知道的人都說，堂堂學者氣量，又何必如此狹窄？古有明訓：大丈夫肚裡能撐船，想來學府裡未必人人如是。說實話，學者辦事，也不一定秉公處理。有一年，我們系人事出缺，招聘新老師。申請的人都是一時俊秀，但是有的同事為了招攬自己好友，處理審核的時候，似有不公。王先生是外系的人，知道原委之後，大不以為然，義憤填膺，居然把關心此事情的人找來，共同商討對策。當然最後的聘任，是由系裡自己同事投票決定，但王先生旁觀者清，冷眼分析事情進展，提出一些客觀的建議。大家都感到這才是學者應有的無私胸懷、保持學術公正的態度。

九十年代，王先生從柏克萊退下崗位，轉到香港城市大學執教。王先生這才六十出頭，風華正茂。一流的學問、一流的口才，校園裡仰慕者眾，自可想見。我認識一位在城大工作的老師說，王先生常常在週末的時候，隻身騎著摩托車來學校，一身白衣白褲，碩壯的身材，背上背著長長的網球拍子。這位老師說遠遠看見他，就像古代的圓桌武士，現代的白馬王子，怎不叫人傾心？用這樣的話讚美一位男老師，大概是不太常有的事。但是這樣的事發生在王先生身上，倒不足為奇。我上研究院的時候，班上已經有好些女同學對王老師別有傾慕之心。其中有一個美國女學生，金髮藍眼，高挑的身材，總是穿著窄窄的牛仔褲。大概是剛上大學吧，看樣子還不到二十。班上許多男同學都是年輕小夥子，知色好艾，拜倒在這位叫Mary的牛仔褲下，大不乏人。我認識其中一位男同學，是一個華裔學生，上課的時候，眼睛只望著Mary，下課以後，就老找著我，猛訴他的單思之苦。學期完結以後，大家各自東西，追求的事，也就不了了之。可是沒多久，我們才發現Mary已經當了王先生的研究助理；不幾年，她成了王先生的第二任夫人。這位年輕的王太太十分能幹，對電腦的操作十分熟悉。那是七十年代，電腦還是老式打卡那一種笨重操作。我有時為了功課，也需要用電腦統計材料，有時候就請Mary幫忙。我把一盒盒的電腦卡片戰戰兢兢地送去，就生怕在半路上摔一下，電腦卡要是全灑在地上，那就滿盤皆落索。Mary拿到這些卡片，一會兒就送進電腦，嘩啦嘩啦，沒多久，機器就把資料打成一大張一大張的表格，清清楚楚列出我要找的資料。她把這些大張的表格送到我手裡，我是衷心的感謝。不多久以後，有一次，王先生帶我上哪兒去辦事，他讓我坐在他的開篷車後座，前面就是他們二位。王先生開跑車，開得很快，迎面只感到冷風習習，他們二位在前座説話，什麼聲音都給冷風刮去。我向來有暈車的問題，所以直直的坐著，不敢挪動，坐在我旁邊的，正是王先生那條只懂中文的大狗。反正我生肖屬狗，咱們狗兄弟倆並坐又何妨？

事隔多年，我在東語系教課，那年正是上小説課，講「三言」的故事。班上有一位女同學，叫Liz，長得十分漂亮，一口國語也十分漂亮。她上課常常發言，提出一些很有意思的問題。幾年以後，我回到香港工作，在一個聚會上看到Liz，原來她是王先生第三任夫人，隨王先生一起來到香港定居。有一次有同事請吃飯，席設香港一家有名的粵菜館子，座上都是語言學界的一些老朋友。王先生帶著Liz翩然而至，座上還有丁邦新教授伉儷。王先生、丁先生和我以前都是柏克萊的老師，都教過Liz。Liz一看到丁先生，就説：「邦新，你好。」這原是美國人寒暄問候的禮貌語言，從英文借入漢語，已經多年。但是，丁先生一聽，就笑笑地説：「你可不能管我叫邦新，我是你的老師。」這一下可有點尷尬，王先生不慌不忙，也笑笑地説：「Liz，你可不能這麼説話，沒大沒小。」就這麼一句話打個圓場，尷尬的氣氛也就輕輕帶過。大家接著都舉杯共飲，舉箸享受美食，也就不在話下。

王先生前後幾婚，兒孫滿堂。王先生的風流韻事，向來傳為學界美談。王先生現今已經年近九十，跟前依然是紅顏知己，夫唱婦隨。我們都說王先生真是風流人物，老尚風流是壽徵，果然如是。

王先生是學界的奇人，他本行是研究語言，但是他從語言外延，進行跨學科的研究。他原是從轉換語法開始，後來他卻大力反對這套理論，因為這理論推行過久，結果陷於過分形式化，有乖於自然語言的衍生和變化軌跡。王先生從來不會把自己拘限在某一個範疇裡，他勇於接受新的挑戰，以今日之是打破昨日之非。從純理論研究到實地語言調查、從中國方言到世界各地語言、從語言進化到語言演變、從機器翻譯到電腦操作、從心理語言學到腦神經語言學、從歷史語言學到社會語言學，他沒有哪一個範疇不曾涉獵，而且往往是就最新的研究發表長篇宏文。

六十到七十年代他在柏克萊栽培的學生，都是後來語言學學界的中堅人物。他七十年代創辦的*Journal of Chinese Linguistics*（《中國語言學報》，JCL）一直是語言學界的旗艦刊物。JCL的大本營在柏克萊，王先生雖然從加大退休多年，但一直是掌舵的總管，到最近兩年他才正式把工作轉交給年輕的學者處理。我第一篇正式的英文論述，討論漢語裡「把字句」的用法，就是在JCL上發表。雖然我後來在JCL上還發過幾篇文章，但每每看到這第一篇的論文，就感到特別的喜愛，也許就像是初戀的往事永遠會帶來最甜蜜的回憶。我還記得王先生的英文書寫，從來不用大楷，據說是打字機上不必在鍵盤上下又撳又摁，控制字母的大小寫。不知道為什麼，我也漸漸學會這個大小不分的習慣，直到今天，我在日常書信上的署名也還常常是小寫的「sam」。我曾經上過王先生的課，一直是他的仰慕者，但是我相信他從來不知道我還跟他學了這個書寫習慣。雖然我們已經不再用打字機了，但是我總覺得小寫是一個好習慣。我們常說做人的哲學應該有大我和小我的分別，但是我們總得認識自己的渺小，學也無涯，小寫自己的名字，正是好好提醒自己，給自己一個最好的警惕。

當年給王先生八十賀壽的文集，編者匠心獨運，書名題作《大江東去》。據說王先生最喜愛的詩詞正是蘇東坡的〈赤壁懷古〉，滾滾長江東逝水，異常的氣魄，正好比王先生學者的視野、哲人的胸襟。所以我謹借用「大江東去」的下一句「千古風流人物」，作為這篇雜記的標題。王先生的故事，確實是：風流還看今朝。

王士元先生在電腦語言學國際會議上發言
(石鋒提供)

在雲南與普米族婦女在一起

（陳保亞攝，石鋒提供）

1997年，作者與王士元先生合影於中大

在台灣切生日蛋糕

(許碧春攝，石鋒提供)

不信人間八秩老
綢繆五十筆生輝

記丁邦新先生（1937–2023）

丁酉冬，丁邦新先生八十大壽。伉儷二人同生肖，屬牛。結褵五十年，舉行詩畫聯展。展出作品中有兩牛戲水圖，池畔共飲，白鶴風前齊飛。余不敏，賦詩一首以賀。

函關紫氣雙牛舞　玉宇丹心兩鶴飛
不信人間八秩老　綢繆五十筆生輝

我與丁公相識總有四十多年，第一次見面是在李方桂先生長女公子李林德（Lindy）教授家中。那年丁公有事來加州，Lindy親自下廚烹調，請吃晚飯。座中就我們幾個人，傳杯交盞，暢談甚歡。那時丁公還不到四十，在學界已經享盛名。壯健的身材，洪亮的聲音，侃侃而談，哈哈憨笑，顯得特別親切。那天晚上談到些什麼，我已經想不起來，但是很清楚記得當時的印象是：這位先生可以做朋友。1977年，我趁休假前往台灣中央研究院作短期訪問。我們書信來往，丁公一口答應到飛機場來接我。我是第一次去台灣，當時國際機場還在松山。飛機傍晚到達，一出閘口，只見人頭擠擠，人聲嚷嚷，我就在這你推我撞的混亂中，被擁出機場大門。那時沒有手機，也不知道怎麼聯絡丁公，只有乘坐計程車到台北市中心，隨便找了一家旅館歇息。第二天一大早，坐車直往南港，在辦公室找到丁公。丁公一看見我，就拽著我的手說：「昨天在飛機場等了你兩小時，還以為你臨時改變行程。」我們其實認識不深，他能在百忙中抽空來接，又在人群中乾等我這許多時間，這樣的信人，往哪裡去找？我當下心裡想，這個朋友是交定了。

真正交定這個朋友要在八十年代。我們東語系的張琨先生退休，系裡全球招聘，申請的人都是當時語言學界的頂尖學人，幾經篩選，大學最後決定禮聘丁邦新教授。丁公來到柏克萊以後，我們經常見面。事無大小，從教學到研究，從系中行政到校外活動，有時甚至家庭瑣事，都可以談上很久。有一次，我們談起他為什麼會申請加州大學的教職。他說他在中研院工作多年，對那裡的同事和周遭的環境，感情很深，根本沒想過會拋棄那裡的基業，遠涉重洋，跑到美國從頭再來。他的決定很簡單，就是因為老師李方桂先生的一句囑咐。李先生說柏克萊中國語言學這教席，從趙元任先生到張琨先生，都是由中研院院士出任，這個傳統不可以中斷。他毅然放下一切，為的就是老師的一句話。師命不可違，丁公對老師的尊敬，由此可見。在徵聘期間，丁公還在台灣等消息，就在這時間，李先生突然病重，入院後話語已經不很清楚。我去醫院看李先生，李先生緊抓著我的手，聲音若斷若續地問我：「丁邦新的事有決定了沒有？」我也緊握著李先生的手，心裡百感交集。老師病危，心頭還放不下這個學生。只有這樣的老師，才會有這樣的學生。師生之間的承諾和關心，生死不渝。丁公後來寫了一首七言古詩悼念李先生，內中暗嵌李先生李師母大名。最後四句是：

方死方生火不盡　桂花謝了百花開
徐往徐來清淨土　櫻紅世世李邊栽

丁公秉承李先生的遺志，大江南北，大洋東西，廣傳衣缽，桃李滿天下。

我和丁公共事多年，有幾件小事一直記在心頭。1989年秋，他剛到柏克萊不久，數十箱的書從台灣運到。搬運公司原先說好是早上九點準時送到他的辦公室，幫他上架。那天恰好也是系裡老師特別安排午餐，歡迎新同事上任。丁公在辦公室久等乾候，快到中午的時刻，搬運工人突然來電話說，因交通堵塞，剛剛開進校門，馬上送到。時刻緊張，丁公告訴他們說，請把大小書箱幾十盒，全堆在辦公室門口，等他回來處理，接著就和同事們趕往系裡的聚會。這幾十箱的書，內裡不少善本珍藏，相信也還有不少私人文件，擱在走道上會有什麼後果？但是丁公為了不想辜負同事們的好意，不肯延後午飯的時間，也不願意驚動別人幫忙代收，就這麼毫不猶豫的一句話交代。他那種當機立斷的決定教人折服，後來我才知道果斷和豪爽正是丁公一向做事的作風。還有一次是丁公大宴賓客，酒席設在海濱一家大飯館。丁公當時路還不很熟，所以我們兩家各自開車，一前一後，一起前去。開到了路口，正要上公路的時候，旁邊突然跑出來一個又高又大的醉漢狂人，擋著丁公的車，哇哇大叫大罵，而且不斷地用腳猛踢車身和車門。我看情形不對，生怕這人拔槍掃射，趕忙從別處開上公路求救。不過，過往的車輛飛馳而過，也沒有警察巡邏車經過。我只有開回原路，發現丁公的車已經開走，神經漢也不見蹤影，是凶是吉，全然不知。我們滿懷焦慮，趕到館子，一進大門，已經看見丁公夫婦周旋在賓客之中，手中一杯紅酒，談笑風生，誰也不會想到他二人在二十分鐘前碰上這麼的驚險。丁公的想法是以大局為重，一時的事故、個人的遭遇，總不能影響多少朋友整個晚上的歡聚。處變不驚，正是丁公本色。

九十年代，香港科技大學延聘丁公當人文社會科學學院的院長，前後七年。丁公求賢若渴，招攬俊秀，當時文學院的老師人選，一時無兩。他對年輕的學人特別照顧，每次升遷，他都親自把聘書送到老師辦公室，加以勸勉。他對學生的提攜，更是不遺餘力。在他任內，中國語言學得以納入研究院的特別範疇，加聘年輕教授，訓練專才；他和國內多所大學成立合作研究計劃，邀請學人前來訪問一年或半年，而且並不規限研究課題，可以讓學人各自發展本人的研究興趣和計劃。這種開放式、無條件的合作安排，帶來許多成果。丁公任內，秉公辦事，為學院爭取資源，擴大本科和研究院的教學科目，開設學位課程。科大成立才不多年，學院在丁公的領導之下，上下一心，在教研方面更上層樓。他2004年卸任，院裡的同事上書要求校方延聘，但丁公當時已遠遠超過大學規定的退休年齡，條法規範之下，無法挽留，大家都感到十分惋惜。不過，丁公高瞻遠矚，就在快要退下崗位之前，毅然成立中國語言學研究中心，我們行內就從此多了一個重要的研究陣地。事隔多年，老同事回憶當年，還是覺得那個年代的清水灣歲月，是我們生命中的一個高潮。丁公當年常安排週五下午，和老師在校園咖啡小聚，閒談雜事，月旦國情，關起門來，原是一家。我們雖然是來自不同學科的老師，研究興趣各有自己的領域，但是彼此對教學的理念和熱情，想法大體相同。我們在一個科技大學執教，講授文化、歷史、社會等科目，究竟應該如何栽培學生對人文的關懷，引導他們對周遭的社會現象進行深入的探索，我們都覺得這些是我們當下最大的責任。

丁公2004年榮休，退出科大校園，但是他退而不休，繼續為秉承李先生的意願而努力推廣語言學的研究。在他登高一呼之下，中外多所大學的學人，籌辦經費，攜手成立「紀念李方桂先生中國語言學研究學會」，會址設在西雅圖，定期出版《中國語言學集刊》，舉辦國際性學術會議，頒發學術研究獎項，對學界影響至巨。學會成立至今已將近二十年，成績有目共睹，丁公功不可沒。

中國語言學界向來是以中央研究院歷史語言研究所為龍頭大哥，丁公從七十年代即出任史語所的主任，八十年代榮升所長，行政能力冠絕同儕。他處事公允，敢言而從不獨行，以理取信，以德服人。我們在柏克萊、香港科大共事，每每在行政會議上看到他如何為了爭取公義，力排眾議，舌辯同仁。他說話向來是一句就是一句，討論問題條分縷析，能看到別人想不到的地方。他眼睛不大，但雙眸有神；他說大道理的時候，一臉凜然正氣，但偶爾他嘴角微微一笑，頓時讓人感到親切。他這種親和力，可能就是為什麼他幹行政這麼成功的地方。學術界當然不無爭執，人事糾紛，這些事往往是由丁公出面，兩相和解，把事件擺平。閒言閒語有時難免，但流言止於智者，丁公以為不足慮，一笑置之。

丁公當年為中心安排定期專題講演，會前先發講稿，會上公開討論，台上講演精彩，台下反應熱烈。一場兩個小時的講演下來，講者和聽者都感到得益良多。還記得有的外來學者不太習慣這樣的安排，講演前先來一段長篇話語，感謝學部的邀請；丁公一聽見這樣客套的開場白，就即時打斷：「我們好好利用時間，請您馬上進入正題。」這番話乍聽之下，本來是有點突兀，但丁公簡單數語，不溫不火，是長者的口吻，講者聽了只會覺得這是老先生的鼓勵，趕緊言歸正傳，展開又一場熱烈的論說。就此一例，正可以看到丁公處事說話的作風。

我和丁公從加大開始，後來轉到科大，前後並肩工作總有十五年。他比我年長九歲，我一直視他為兄長，他對我也是佑護有加。我為什麼會用「丁公」這個稱謂？我們在柏克萊共事之初，我曾經問過他，彼此應該怎麼稱呼。我英文名字叫Sam，叫起來比較簡單。我若是直呼其名，好像不太恰當。論輩分，我的老師是張琨先生，張先生是李方桂先生的學生，所以他們是同門師兄弟，論理我應該管他叫師叔。他馬上說不必。我以前的老師是周法高先生，他也曾經上過周先生的課，所以這樣排輩分怕排不清楚。他説，他以前在研究院工作的時候，大家都管他叫丁公。「丁公」這名字，叫起來簡單，聽起來響亮，那我們就這樣決定。有一年，我們一起去黃山旅遊，途經歙黟二縣，丁公搜購硯台多方。我曾經以打油詩戲贈：

購得黟黃石八方　金星玉暈黛痕光
家藏端歙名山石　不是丁公是硯郎

1995年，丁公贈詩小謫四句並短序：

奉洪年曉茵之召到府觀曇，洪年愛花成癖，曉茵豈無妒乎？

瑤臺小謫人間世　一夢逍遙絕代姿
留得清芬環佩杳　張郎從此患情癡

我們一個是硯郎，一個是花癡，各有所愛。丁公其實十分喜愛收藏奇珍古玩，除硯石以外，還曾經高價購得鐘乳石柱，高凡八呎，千山萬水，幾經困難，才從中國運來加州，陳放家中。伴以國蘭盆栽，四壁書香，真的是不知人間何世。

提起寫詩吟詠，我得特別感謝丁公。我上大學的時候學過寫詩，後來一直擱置丟疏。等到丁公來到柏克萊工作以後，這才重拾詩筆，打油自娛。有一次，丁公在學校裡做一個公開講演，系裡讓我做評講。丁公洋洋萬言的講稿講完以後，最後來了一首七絕作結。我評講完了，也就以一首七絕作答。座上的老師和同學聽見了都覺得很興奮，說從來沒親眼看見過自己的老師詩詞唱和。當天講演的內容、評講的論點，大家聽完了，大體也都還給講者；但是這唱和酬答場景，倒是系裡難得的一件盛事。自此我們偶爾唱和，七言五言過往，十分過癮。丁公是大家手筆，有時會給我提點一二，我管他叫一字師。

丁公夫婦高人雅興，夫人陳琪女史善畫，水墨青綠，無不擅長。畫成，題詩題字都包在丁公身上。丁公2020年出版的《千石齋詩稿》，題畫詩作總在百首以上。我在科大工作的時候，還特別為丁太太在我們人文學部的人文廊上，舉辦了一場展覽。丁太太拿著畫筆畫她的「友情世界」，丁公也拿著他的毛筆樂為題記，陳琪畫、丁邦新題，所以畫展就命名為《奇畫新題》，琪奇同音。2004年孟春，丁公榮休在即，他與夫人舉行書畫聯展，丁公幼習顏體，夫人工花鳥山水，我以詩贈賀：

清水金山去復還　調朱弄墨紙雲間
筆濡雙管香江綠　一寫花容一寫顏

丁公也步原韻和了一首，題目是〈倦鳥〉，前附短序：「畫展當日，承洪年兄贈詩為賀，至感盛意。洪年行將返中大任教，步韻贈別。」詩中的「漢堂」是我當年老師周法高先生的號。

沙田倦鳥又飛還　新亞舊情指顧間
為繼漢堂當日願　不辭勞苦損朱顏

同年秋，丁公從清水灣科大榮休之日，學生特別編寫文章專集相贈，多謝丁老師多年的教誨。我也題詩記其事：

魏晉風流抵掌談　爐峰化雨吐春嵐
唐聲漢韻今誰繼　清水悠悠綠映藍

丁公是聲韻學大家，故紙堆裡、田野調查中，他可以重擬古今聲韻變遷的規律，但是他對真正的曲調音律也頗在行。他能唱、能填詞、能譜曲。筵前席間，他常常用如皋方言吟唱詩詞，最受大家歡迎。大家可知道他當年就是憑著一曲自彈自唱的情歌，贏得美人芳心？丁公倜儻多才，佔盡風流二字。丁公的音樂造詣，一般朋友都不太知道。他在科大工作幾年，曾經為科大編寫了一首校歌，從填詞到配樂，一手包辦。可惜大學最後決定不用校歌，此事就此擱下。

2011年夏天，丁公入院開刀，是心臟繞道大手術。一大早，我們趕去醫院，他正換上白底碎花的長袍，躺在窄長的病床上，臉色疲倦，但說話之間不滅哈哈笑聲。他看見我，就抓著我的手興奮地說道：「一晚不能入睡，寫了一副很好的對子。上聯是『很擔心，又很擔憂，乃小人物』，下聯是『不怕痛，也不怕死，是大丈夫』。」「擔心」一詞二義，幽默之餘，更見豁達。事緣開刀的前一天，我給他發了一個電郵，說「明朝心胸闊達，真大丈夫」，本來是一個玩笑，給他打氣，沒想到他在病榻上，借此明志。心胸闊達，意氣通達，不得不佩服他的率直和瀟灑。

那天，在手術室外，妻子陪伴在側，輕輕撫摸他一縷縷花白的頭髮，偶爾低下頭來，耳語兩聲。他挽著妻子的手腕，莞爾淺笑。執子之手，總有好幾十年的鶼鰈情深。而今生死一線相隔，能不擔心？過了不多久，醫院的工作人員便來把丁公推進手術室，大門關上的一刻，我緊緊看著，心中默禱，希望這不是最後的一眼。大概一個小時之後，大門又開了，丁公躺在病床上，慢慢推出來。我心中嘀咕，這麼的開心大手術，怎麼如此快速？丁公慢慢醒來，睜開眼睛說：「閻王殿上走一遭，怎麼我一點也不覺得什麼疼痛？感謝上蒼。」後來一問，原來手術室中的前一個手術出了一點問題，所以丁公手術得延後進行。我們聽了以後，哭笑不得，丁公自己也說了這麼一句：「這閻王殿上可是白走一遭！」

手術延後，我們在醫院前後等了總有十個小時，回家後到半夜時分，才接到電話說手術成功。第二天，我們趕去醫院，他還是一件白底碎花的長袍，躺在床上，神情憔悴。他一張眼看見是我，就搶著說：「Sam，我的對子，現在有了橫批。」哪四字橫批？「閻王不要。」話語雖短，中氣不足，但片言數字，豪氣今猶故。阿彌陀佛，我的好友終於活過來了。

丁公八十年代初到加州，就在離柏克萊不遠的El Sobrante小城買下一棟大洋房，兩層樓房，一個偌大的院子。後院子靠著一大片石坡，高達總十尋。他們請了一位園丁，開山植樹，重建院子。這位園丁是法國人，在日本接受園藝訓練，得到名師指點，設計園林，別有慧眼。他一板高大，力道不比尋常。他把斜坡開出小道，圍繞整個山坡而上，一層層的青蔥夾著繁花，一棵棵果樹，最高的地方栽了許多竹子。在山坡的左上角，留下一塊平地，登台四眺，遠處的山水，近處的市廛，都在眼下。前院子設有小噴水池，大門前是一棵老櫻花樹，三四月間，落英繽紛。後院子還有蘋果樹，開花的時候，是滿院子的白花，結果子的時候，枝上階前都是一個個滾圓的綠果。丁太太善烹調，摘下果子，烤製蘋果小muffins，贈送親友。屋子裡四壁不是擺著先生的書，就是掛著夫人的畫，書香畫藝，是文人的家宅。

他們這幾年搬到柏克萊山上，樓高三層，上下兩個大露台，重新翻修，前後歷時六七年。蓋洋樓大廈怕也用不了這六七年，怎麼修房子要如此費時？原來柏城建築條例嚴謹，修建申請，審批經年是平常之事。不過，房子翻修以後，果然大不一樣。小樓梯上下蜿蜒，看了一景，又是一景。二樓的大露台上，掛了一個吊椅。傍晚時分，吊椅上一坐，清風徐來，前後搖擺，馳目遠眺，就是好水好山的金門大橋。難怪他們費了如此心血，費了多少銀兩，換來果然是這悠閒的浪漫，感恩。

他們倆在台灣三峽，也備了公寓，總在十多層樓上，景觀無比，我曾經到訪一次。大樓都是以大城市、著名大學命名。公寓寬敞，而且樓高，沒有鬧市的車馬喧嘩。明窗淨几，正可供作畫，又可以寫文章。我印象最深刻的是他們的臥房，天花裝上一眼眼細小的燈盞。天黑以後，亮了燈，抬頭一望，烏黑的天花照下淡紫色微光，只要往牆角的吊椅上微微一躺，不用出門，也已經是夜涼如水，臥看天花繁星。

丁公照顧太太，無微不至。語言學界好幾位長老，都是琴瑟調和，相敬如賓，尤其是丁公，更是大夥公認為最理想的丈夫。據説他們是台大前後同學，丁太太原先也是執教鞭的老師，和丁公結婚以後，就一直相夫教子，主持家務。丁公身兼教書行政等工作，但是也盡量從旁協助。我們知道每天晚飯過後，丁公都捲起雙袖子，開了水龍頭，一碗一碟，細細洗刷。他們這幾十年在台灣、美國、香港各地工作，夫妻總是你我相扶持，同出同進。我最記得他們在科大工作的幾年，每天一大早就到學校的游泳池浮水鍛煉。我們從高處望下看，只見兩人一前一後，共浮池中水，雙掌撥清波。水中鴛鴦，羨煞多少後生小輩。我們有時一起外出郊遊、飯聚，丁公更是人前人後，一步一跟隨，處處緊跟著。有時候在不常去的飯館裡吃飯，丁太太從飯桌上離座如廁，丁公就陪著前去，而且還站在一邊等著，然後兩人再一起返回座位。我們都知道，丁太太的方向感不太好，丁公就生怕她萬一走丟，那可怎麼辦？等到夫人安然坐下，食前方丈，丁公就舉箸先給太太佈菜，然後自己享用。

最近幾年，丁公身子欠佳。血壓、血糖高都是老人常有的病症，丁太太特別操心日常飲食，煮食都盡量少鹽少糖，她會把不同的蔬果打成果汁，讓丁公每日喝一大杯。還記得張琨先生晚年因病，曾在療養院住了一段時間。那時張先生已經記性不行，行動不便。我們和丁公倆一起去探望張先生，丁公感觸萬分。他當時坐在會客室裡，拽著丁太太的手，說了這麼一句：「陳琪，我們將來怎麼辦？」那時丁公才剛過七十，身體還很硬朗，看到張先生的病情，觸景傷情，想到的是他們自己老來日後的事。

丁公一直是身子壯健，中氣充足，舉步如飛。九十年代，我們一起攀爬黃山，大家穿著大紅棉袍，半夜沿著小路登高，站在蒼松樹下，遠眺日出，氣象萬千。二千年我們一起逛杭州，在竹林中漫步來回，參天青翠，風過處，悉悉索索，此境此情，猶在目前。但曾幾何，一眨眼，又是十多年以後，丁公自己也垂垂老矣。這幾年，丁公患上帕金森氏病症，身子行動頗為不便，而且血壓、血糖都偏高，但他還是鍥而不捨，繼續研究，繼續給學會提意見。2020年以後，COVID-19作孽，大家都各自小心，我們也就很少見面。偶爾電話聯絡，丁公總是說身體不行，總覺得很累。有一天我外出回家，看到留言機上有口訊一則。我打開一聽，這是誰在留話？是男人的聲音，略帶吳語口音，怎麼我總無法辨認這是誰的留言。我來回聽了總有十幾遍，最後聽到對方說：「Sam啊……」我這才想到應該是丁公，因為只有丁公會這麼稱呼我。不過，丁公一般說的是標準的國語，怎麼會突然帶上外地腔調？古人說，病床上的人說話，會不自覺地漏出原來家鄉口音。丁公原籍江蘇如皋，曾在上海上學。他能說上海話，正是所謂「凡人之思故，在其病也，彼思越則越聲」的明證。

約大半年前，有朋友託我轉送東西給他，我給他打電話約時間，他說他來我家取吧。那天下午，門鈴一響，我們趕緊開門，門外站著一個小夥子，原來是丁公的小孫子。我們家在斜坡上，丁公不便爬斜路，所以他們就把車停在較遠較安全的地方。我跑過去，定眼一看，怎麼丁公老了這許多？白髮白眉，兩腮掛著一絲一縷的白鬍鬚，扶著車門，搖搖擺擺的站著。他說自己腿力不夠，精神也顯然大不如前。疫症猖狂，我們都已經打了三針防疫，但是丁公只打了兩針。雖然大家都帶著口罩，但我也不敢站得過分靠近，以免感染。我們就在馬路側聊了幾句。後來我好幾次電話打過去，他總說身體不好，執意不讓我去看他。我總勸說自己，吉人自有天相，何必多擔心？就有這麼一天傍晚的時分，突然來了一個電話，是丁公的電話。他讓我明天過去，有話要跟我說。我一聽，心裡登時發毛，難道病情有了變化？一晚不能入睡，第二天開車趕去他家。

他們家在山上，沿山小路忽上忽下，迂迴曲折，我心越急，路越難開，好不容易到了他家大門口。下了一道樓梯，摁了門鈴，門一開，我就直接跑到客廳。丁公躺臥在沙發上，白髮蒼蒼，他執著我的手，說：「Sam啊，我看情形不太好，所以有話要跟你交代。」他說話聲音嘶啞，但是神情十分穩定。他說，他自己感覺到體衰力弱，恐怕時日不多。但是他對一切，並無畏懼，「我想讓你把這情形代我告訴老朋友，讓他們也別難過。請各位好友不必擔心。」他接著還說了些什麼，我心裡亂成一團，也不太聽得進去。回家的時候，我忽然想起他當年說的那句話：「不怕痛，也不怕死，是大丈夫。」生死一線之隔，但大丈夫的豪情，毫不妥協。

接著幾天，雖然我知道丁太太她心煩，怕無法招待客人，可是我總想辦法去看他們。接著又來了電話，說丁公已經送醫院急診室。第二天一大早，我趕去醫院，丁公躺在病床上，昏睡不醒，我也不想驚動他。我問了看護幾句，說是因為心臟不適，所以急診處理。他在醫院住了四天，心臟檢查通過，總算跨過一個大難關，可以回家。過兩天我又跑去看他，他這一次精神好多了，可以和我閒談一陣，一邊說話，一邊望著丁太太。他們大女兒佐文已經從東部趕來，陪伴父親。我臨走的時候，丁公堅持地說：「你不用常來看我。」丁太太那天送我到門口，我說「你也得保重」，她歎了一口氣，輕聲地說她自己也感到多處不適，但事有緩急，自己的不適只有盡量不想。我回頭再望了一下丁公的臥室，門敞著，床邊垂下被子的一個角落。「閻王不要」，深切祈求如是！

我們隔個幾天就開車過去看他。丁公病情似乎略微好轉，大家都感到有一線奇跡希望。我們有時坐在客廳裡，有時丁公會坐著輪椅來到露台上。我們坐著聊天，絮絮叨叨，總會談上半個小時。有一次，他躺在椅子上，流目四觀，遠處是參天老樹，高達百丈。他問我：「你看那樹梢頂上有什麼特別？」我們仔細端詳，怎麼也看不出個所以然。他說那樹頂的橫枝，上下交纏，不正是一個字嗎？說著說著，就用手比劃：這是一點，這是一橫，這是一撇，這是一豎帶一勾……我和太太倆越看越模糊，越聽越糊塗！可是到了最後一筆，丁公興奮地說：「一共六筆，這不是一個『衣』字嗎？衣服的衣。」謎底揭曉，果不然，是像一個「衣」字。古人有永字八法，今天是丁公的「衣字六筆」。真是所謂的萬物靜觀皆自得，樹影婆娑，枝葉交纏，橫豎成文。古人見鳥獸蹏迒之跡而初造書契，丁公觀草木攀纏有緻而別有領會，可見他對語言的敏感和聯想，未嘗因病而稍遜從前。

丁公病重，在這極困難的時刻，他還不忘要給紀念李方桂先生的文集寫序。序文相當長，我說：「你怎麼還能有精神寫成這樣詳盡的文章？」他很嚴肅地對我說：「李先生是我一生中最佩服的人，我怎能不費心好好的完成這工作？」猶記當年，李先生病重在醫院，還念念不忘丁邦新的工作升遷；今日丁公病危，也不敢稍忘給李先生寫序的重責。師生之間的情感和承諾，生死不渝。

我們一月中來看丁公的時候，他氣色略顯紅潤，雖然不太說話，但偶爾也能言語幾句。我扶他站起來，得費很大的力氣。我說：「丁公，你可重啊！」他隨口接道：「是呀，是不輕呀？」語帶自嘲，應付自如。他食慾一直很好，也許就是為什麼他身子很重的原因。有一次，丁太太從廚房裡端出來一盤糕點，他雙眼盯著那香噴噴的糕點在面前經過，垂涎欲滴。我說：「丁公，這個你可不能吃啊！」他回頭笑了一下，那是一個無可奈何饞嘴的傻笑。

中國年才過幾天，我們正準備前來拜年。沒想到年初八一大早，佐立突然來電郵說「爸爸去世了」。五個大字，簡直是平地一聲雷，天崩地裂。我們趕去醫院，床上躺著我們的摯友，床邊呆呆地站著我們這幾個人，欲哭無淚，俯首無言。我陪著丁太太坐下，說：「這些日子，一直是你陪伴在側，吃喝起臥，晨昏都得你照應。」丁太太低聲地歎了一口氣說：「可是這幾十年都是他在照顧我啊……」話越說聲音越小，煞然停住。我拽著她的手，勉強接過話來說：「丁公年輕的時候，可以照顧你；老來，有你來照顧他。丁公可真福氣！」果真如是，丁公臥床這幾年，丁太太是衣不解帶的照顧，一心只在枕邊人。丁太太自己也是多病的身子，但她說現在已經不是她能生病的時日，照顧丁公是她活著唯一的意願。佐文在回憶病中老父的文章中這麼寫道：「爸爸話越來越少，動作越來越遲緩，走路越來越不穩；但他仍然借著媽媽替他更換衣服的時候，用他的額頭，輕輕碰觸媽媽的額頭，來表示他對媽媽的愛和謝意。」多少情，都付與這額頭相親的一刻。

丁太太作畫，常有雙牛戲水的畫作，丁公倆生肖同屬牛，畫中有真意，盡在不言中。辛巳年，丁太太畫展，出版畫集。封面即以雙牛為題，丁公題字「柳塘春水，樂也融融」，書中有丁公〈贈內〉詩一首，首聯和末聯如下：

甘苦同經本夙緣　人間自有地行仙……
偕卿歸隱林深處　彩墨淋漓別有天

去年年底，丁公在病榻上，偶成兩句：

月落山崩水倒流　人間從此無牽牛

我問他：「下兩句呢？」他說還待後續。也許這是丁公的預感，從此淋漓天外少一人。

丁公故去以後，丁太太的精神顯然衰頹許多。但是在女兒佐文、佐立的扶持下，丁太太意志堅強，一步一步地踏出，處理後事，毫不猶豫。他們在小山城的Sunset View Cemetery購買了一塊墓地，周遭綠草青蔥，上有古木為蔭，遠望開去，就是金山海灣。斜陽西下，潮水起落有信，大洋彼岸是吾家。相信丁公也會相中這塊福地。

丁公在學術上的貢獻，一方面在他自己的研究，一方面在他致力推動學術發展。他早年師從董同龢先生，後來隨李方桂先生學習，致力於聲韻學的研究。當年研究古音的學者有周祖謨先生的《漢魏晉南北朝韻部演變研究》，但發表的只有漢代部分，丁公繼承前人，上溯秦漢，下探隋唐，古音演變軌跡，條分縷析，自後彰顯。李先生六十年代發表上古音六講，丁公2015年出版中古音八講，[1] 建立整個漢語音韻史的規模，影響至巨。他在當代方言的研究，南北方言皆多所涉獵，對吳閔研究功力尤其深厚。他根據語音和詞彙，推構方言發展的軌跡和速度，道前人之所未道。李先生是「非漢語語言學之父」，丁公秉承老師治學精神，對漢藏語、台灣南島語發表多篇論述，影響深遠。丁公曾經在一篇文章中說道，他自己的學習心得是：「我覺得我們那時候從老師那裡學的東西，很簡單的講，是一種胸襟。這種胸襟呢，就是說我們可以聽不同的說法，我們可以看不同的東西。」這種胸襟正正表現在他的學問上，也表現在他的做事為人各方面。

丁公侍母至孝順，夫婦感情深厚，是慈父，也是嚴師。他一生為人做事，鞠躬盡瘁，勞心勞力。他曾經說過：「人有自然的壽命，也有學術的生命。」壽命有涯，學術無涯，以有涯的生命去追求無涯的學術，這是仁者的智慧，是智者的執著。

我和丁公共事多年。八十年代、九十年代，我們在大洋兩岸，彼此並肩工作。千禧年後，又前後回到三藩市灣區，安享我們老人的退休生活。按公文記錄，丁公是生在

1　丁邦新：《音韻學講義》（北京：北京大學出版社，2015）。

1936年10月15日，而我的生日是1946年10月15日。哪兒有這麼巧？兩人同月同日生，相差整整十年。後來才知道，他是1937年生，10月15日是陰曆的日子，而我的卻是陽曆。他比我大九歲，同月同日只是陰差陽錯而已。丁公丁太太生肖同屬牛，恰巧我四哥四嫂也都屬牛，跟丁公倆同歲。這裡邊似乎是太多的巧合。也許這就是為什麼我們可以變成好朋友，他就像是我四哥，處處照顧我。

癸卯年元月，丁公離世。夜來夢回，偶爾想起昔日席間，丁公常以如皋鄉音吟唱。夢中之夢何似，聲猶在耳，仁者智者已自遠矣。

歌入斜陽冷翠微　前塵舊影記依稀
吳腔越調聲聲慢　虎兔相逢大夢歸

本文初稿見於《漢語與漢藏語前沿研究：丁邦新先生八秩壽慶論文集》（北京：社會科學文獻出版社，2018），頁5–8。修訂稿於2022年11月交香港中文大學出版社，未付梓時，丁公突然撒手人寰；出版社摘取文章部分，在微信發表以悼念丁先生，題目是〈語言學大家丁邦新逝世——張洪年憶丁公本色〉，今重新修改增補成萬字長文。初稿祝壽慶生，今追思成文，人生無常，能不慨然長太息。

演講中的丁邦新先生
（丁佐立提供）

左起：董同龢夫人，臺靜農、孔德成、丁邦新諸位先生，約1977年攝

2004年，丁邦新先生與丁太太陳琪女史舉行書畫聯展
（丁佐立提供）

陳琪的畫作《雙牛戲水圖》

丁邦新與陳琪結婚照
（丁佐立提供）

丁邦新伉儷八十大壽

(丁佐立提供)

丁邦新夫婦盪鞦韆

（丁佐立提供）

左起：作者、趙元任長女趙如蘭、丁邦新夫婦

左起：錢志安、余靄芹、丁邦新、作者，2016年攝

張洪年

江蘇鎮江人，1946年生於上海，翌年移居香港。香港中文大學學士、碩士，美國加州大學柏克萊分校博士，師從張琨教授，研究敦煌變文。1974年任教柏克萊，2000年榮休。後轉香港科技大學執教，2004年出任香港中文大學中國語言及文學系講座教授，2010年榮休。

張教授的研究興趣廣泛，論文所析遍及語言、文學、語文教學等方面，尤精於分析粵語語法、音韻、詞彙的共時特點與歷時演變，對古代漢語的音韻、語法也多所探究。他的著作包括《香港粵語：二百年滄桑探索》(2021)、《一切從語言開始》(2017)、*A Practical Chinese Grammar* (1994) 等，其中《香港粵語語法的研究》(1972年初版，2007年增訂版) 對粵語語言學發展影響尤深。

自1980年代起，張教授先後主編 *CHINOPERL: Journal of Chinese Oral and Performing Literature*、《中國語言學集刊》、《中國文化研究所學報》、《中國文學學報》等學術期刊，並曾任加州中文教師協會會長、國際中國語言學會會長、紀念李方桂先生中國語言學研究學會董事等職。